楊逵經典台文有聲讀本

春光閘袂離

Tshun-kng tsa̍h-bē-lī

原作 楊逵

台譯 林東榮、賴瀅伊

國家語言整體發展方案

文化部 MINISTRY OF CULTURE

目次

有聲朗讀

序　從遲到寫起 ■ 楊翠 005

綠島家書

我是雷公損袂死 ê ｜ 我是雷公打不死的 014

理想之穎 mā 通 puh 矣 ｜ 理想之芽也該萌了 016

我毋捌綴無著陣 ｜ 我未曾落過伍 018

我會 kā 笑聲紮轉去厝 ｜ 我會把笑聲帶回家 020

規厝間花芳 ê 快樂世界 ｜ 滿屋花香的快樂世界 023

未來是光明 ê ｜ 未來是光明的 025

暝真暗煞有天星 ｜ 黑夜卻有星光 027

保持樂觀 ê 精神 ｜ 保持樂觀精神 029

阿公無想欲 lán-si ｜ 公公永不想偷懶 031

免驚 sàn ｜ 窮是不必畏懼的 033

詩

百合 036
三个戇大呆｜三個臭皮匠 037
一粒好種子 040
台灣美麗島——外一章 042
臨時臨寫｜即興 043
大潮 045

散文

愛聽人民的聲音｜傾聽人民的聲音 048
為這一年哭｜為此一年哭 050
從速編成下鄉工作隊 052
人民 ê 作家｜人民的作家 056
墾園記 058
羊頭集 062
冰山下底｜冰山底下 069
我有一塊磚 072

小說

水牛 080
鵝姊仔出嫁｜鵝媽媽出嫁 087
春光閘袂離｜春光關不住 114

其他

和平宣言——致楊建 ■ 吳晟 122
寫佇土地的心肝頂 ■ 向陽 126
戇呆傳過幾代｜愚公幾代過去 ■ 魏揚 128

★ 說明：於使用教育部推薦漢字、羅馬字之基礎上，本書保留譯者個人漢羅用字習慣與主張，不另統一。

|序|
從遲到寫起

楊翠

楊逵作品的台文出版，是必要的，也是遲到的。

遲到，緣於楊逵一生的顛沛困頓。如果不是貧病交迫，如果不是為了謀生而喀血勞動，如果不是不斷進出殖民者與威權政府的監獄，如果不是因為政治犯的帽子而在文壇失去發表舞台，我相信他早就獨力完成許多台文創作，不必透過翻譯家們的辛勞才能被閱讀。

遲到，也緣於我們對他的認識淺薄，或者可以說，成見過深。

楊逵的創作生涯通常被研究者歸納為日治時期、戰後初期、綠島監獄時期、1961 年出獄返鄉到 1985 年辭世，四個階段，由此將他主要定位為日治時期的日文作家，戰後則以中文進行零星創作，而他的台文作品及寫作意圖，幾乎完全被遺忘（遺漏）了。

不只楊逵被如此對待。日治時期的台灣作家被我們認識與再現的臉容，幾乎都是片斷、片面、破碎的。大多數人沒有真正想進入歷史脈絡中完整理解前世代作家，只是熱衷於挪用他們的某些作品，用以詮釋或見證自己的理念而已。

即使《楊逵全集》出版至今早已超過二十年，但楊逵在台文寫作上的嘗試、努力，甚至是高度的企圖心，仍然絕少有人提及。他在1948年8月到12月，頻繁在《力行報》發表十餘首台語詩歌，並同步刊載於他所編輯出版的《台灣文學叢刊》，這些作品清一色以「民謠」形式諷刺當權者，表達困苦人民心聲，〈黃虎旗〉強調「台灣的意志」，〈上任〉嘲諷官僚嘴臉，〈生活〉、〈童謠〉、〈營養學〉、〈却糞掃〉、〈民謠〉、〈不如豬〉、〈台灣民謠〉等等，都是寫老百姓的飢困疾苦，很多作品結合版畫，一詩一畫，系列性創作的意圖強烈。

此時血腥殘暴的二二八事件剛過，楊逵自己也剛從二二八死牢中脫困出獄，他選擇暫停書寫「小說」這種「作者性」鮮明的作品，而熱衷於以民謠的形式與音韻，傳達人民的心聲，甚至標題就經常直接冠以「民謠」、「童謠」、「台灣民謠」，必然有其文學／文化理念的內在驅動力。

出生農工階層，一生以農耕為業，強調文學應該與人民密合的楊逵，創作生涯一直在嘗試各種能夠鮮活表現人民生活、情感與思想的文學藝術形式，他是最早提倡並實踐「報告文學」、「街頭劇」的台灣作家，而在戰後初期的亂局中，他認為「民謠」是傳播人民心聲的最佳藝術載體，這非常符合他的文學理念，甚至即使被關進綠島，他還跟獄友進行田野調查，蒐集歌謠諺語，遺物中就有一大本寫著「謠諺集」標題的筆記本。

我完全可以合理地推論，結合台語民謠與版畫的創作形式，是當時楊逵與一群藝文夥伴正積極推動的方向，如果不是他隔年 1949 年 4 月 6 日被逮捕，從此繫獄十二年，我相信這個創作方向將會成就一系列具有高度批判意識，並具現戰後初期台灣民間生活實錄的精彩作品。

然而，1949 年的「和平宣言案」，不僅澆滅楊逵與文友的熱忱，統治者所羅織的這個罪名，甚至變成黏在他身上的永久標籤。〈和平宣言〉其實是集體書寫，其中的主張，不能直接等同於楊逵的個人主張，而是當時許多台灣作家與中國來台作家，在追求台灣民主與和平的共同信念下，一起協商草擬的「宣言」。因為是集體發聲，因為要「廣而宣之」，當然很多話語在威權體制的纏結網羅中，必須或隱或顯，穿梭縫隙。但楊逵一肩承擔「和平宣言案」，沒有牽連出更多人，於是〈和平宣言〉就變成了他的個人主張。

數十年來，不斷有文壇友人告訴我，很多台派說，判決書中說楊逵是中共外圍，所以是統派，他的作品不值得重視推廣。只差沒說他被抓被關是活該。我驚訝的是，這些台派，竟是如此信任威權統治者所製造的標籤，並順從地依照威權統治者的意志，否棄楊逵，甚至對他進行二度審判、二度囚禁。他們沒有讀過〈黃虎旗〉中的「台灣的意志」，也沒有讀過〈台灣民謠〉中的「爭取民主自治」，當然，他們更不知道，寫作〈送報伕〉的同時，楊逵也努力摸索，寫了生平第一部台灣話文小說〈剁柴囝仔〉，只是自己不滿意，手稿留存，而他生前一直找不到時間好好修改發表而已。

這就是我對「遲到」的慨歎。已經死去將近 40 年的台灣作家，似乎還要被自家人審判，還要從墳墓裡爬出來自證。

當然，無神論的楊逵，死則死矣，我相信他並不在意，如果真有元神，也只會一笑置之。但是，做為陪伴他生活最久的孫女，做為一個具有清楚台灣主體意識的台灣文史研究者，我很在意。一個前行者，被統治者貼標籤，被他所關懷的台灣人民貼標籤，付出一輩子的努力，最後直接被刪除。

楊逵的際遇，是一則歷史隱喻，如楊逵一般被刪除的台灣前行者，何止楊逵一人。我們的文化資產，就是這樣被我們自己扔進垃圾場的。

回到楊逵與他的台文創作。〈送報伕〉不是楊逵所發表的第一篇作品，但做為成名作，它標誌著楊逵文學道路的重要開端，而與這個開端同時，楊逵已經開始寫作台灣話文小說，而不是成名後才去試寫，這難道不是一個非常重要的訊息嗎？

寫作〈送報伕〉與〈剁柴囝仔〉時，楊逵正面臨此生最艱困的處境，結婚當日被日警逮捕，出獄後，台灣的政治社會運動遭受巨大打擊，運動團體幾乎全面瀕臨崩解，他與妻子葉陶在高雄內惟租了一間沒人敢住的鬼屋，不久，一直支持他的二哥自殺，他自身則貧病交迫，三餐不繼，長子出生時，連去請產婆來接生的車錢都沒有。

也就是在這個最困挫的時刻，文學家楊逵的燦亮靈魂從苦域中躍然誕生了。1932年，楊逵一邊在高雄柴山砍柴，到處打零工維生，一邊爆發高昂的創作能動量，這一年，他完成小說〈送報伕〉，前半部刊於《台灣新民報》，同年，他寫了〈剁柴囝仔〉，從各種手稿的比對中，看得出這本來是一部長篇小說的規劃。

〈送報伕〉以日文書寫，空間舞台在日本東京，而〈剁柴囝仔〉則是以「台灣話文」為主體的混語書寫，交雜日文與北京白話文，小說舞台就是楊逵砍柴的高雄柴山。唯有將這兩部作品結合起來，才能看清楊逵的文學真貌，以及他做為台灣作家，此生一貫的叩問與追求。

楊逵小說的自傳性色彩濃厚，作家身分的書寫者經常跳進作品中，形成後設小說的趣味，但這並不是他以「作家」身分所選擇的「寫作策略」。楊逵本人身具社會運動者、貧苦農民、新文學寫作者這三種身分，無論哪一種身分都是他，也都折射出某一部分台灣人的現實處境。〈送報伕〉中老家土地被奪走、在日本又被報社老闆榨取的留學生楊君是楊逵，而〈剁柴囝仔〉則甚至更接近「多面楊逵」，小說中「寫文去賣」、親眼目睹貧家小孩因無錢救治而死的敘事者是楊逵，無錢救治孩子的貧家父母也是楊逵，就連那個死去的孩子也是楊逵，楊逵有好幾個兄姊弟妹夭亡，他自己本身也體弱多病，差一點沒養活。

楊逵是連生存都無比艱困的貧農，是即使打零工灌自來水解飢也要追求新知識的現代知識分子，是挺身想要改變世界的社會運動者，也是決意要為受苦靈魂發聲的當代作家。出身貧農、現實上也一直是貧農，想要說出貧農的真正心聲，正因如此，楊逵同時以日文寫〈送報伕〉，以台灣話文寫〈剁柴囝仔〉，這幾乎是必然的。

楊逵的台灣話文初試，並沒有符合他自己的美學標準，以我對他個性的了解，他應該是想要找機會好好修改擴寫，完成長篇，但現實生活一直逼迫著他。就如 1965 年 2 月 19 日他寫給鍾肇政的信，回應自己為何一再拖稿：「《台灣文藝》的稿，限期已過了幾天，未能守約寄上，很抱歉。因為正在趕種春季花木，有一點過勞，又患了感冒，頭重重的腦筋糊裡糊塗，雖一直致意在拿筆，寫來寫去，改來改去，都只製造了廢紙而已，看來非常不滿意……。」

最終〈剁柴団仔〉以殘存手稿形式，埋藏箱底，2001年以「未刊稿」形式問世。然而，問世二十多年，至今乏人問津。

儘管第一部台文小說沉埋了，但楊逵在以日文寫小說的同時，同步以台灣話文書寫，這件事非常重要。「我手寫我口」在台灣文學場域，本來就兼具雙重意義，其一是跨越文化貴族階級（大眾化），其二是建構台灣主體（台灣人的口與手）。楊逵當年曾參與文藝大眾化與大眾文藝化的討論，他心目中的「大眾」，是「台灣的人民」，他所努力實踐的，是如何將台灣人民的所思所感、經歷與思想、痛苦與願望，提煉成美好的文學藝術。

〈剁柴団仔〉沒有機會在他生前修改完成，發表問世，但是，楊逵的意志頑強地留存，在他辭世四十週年前夕的2024年，曙光初破，楊逵作品的台文譯本，終於問世。

我想，這是因緣俱足了。感謝所有為這件事努力的夥伴，所有投入翻譯、唸讀、審聽、企劃、執行、出版的朋友們，這瘦瘦薄薄的三萬餘字台文譯本，動員了我數不清的人脈，怎麼不是因緣俱足呢。

很抱歉，這篇序從對「遲到」的遺憾開場，寫成了某種怨苦與省思，非我本願。我原來想寫一篇文情並茂、感動莫名、感激涕零的應景暖文。然而，幾度廢筆又幾度提筆，寫著寫著，就成為這樣了。我還是想真誠地以這篇文字面世。

遲到讓人遺憾，但也引發深思。什麼時候我們的台灣作家可以不必生前死後都要自證？什麼時候我們可以更謙虛地去認識、去理解在這塊島嶼付出努力，為我們創建各種精神意義上、實質意義上的自由空間的前行者？什麼時候台灣的天空才會真正清朗，台灣的土地才會真正豐饒？

期待從我們這個世代的自省開始，讓更多前行者的美麗靈魂能安居在這塊島嶼，與我們共舞。

綠島家書

我是雷公損袂死ê

|我是雷公打不死的|

賴瀅伊 譯

親愛ê資崩[1]：

七號ê批收著矣，因為你久無寫批來，我真煩惱是毋是tī路途中有啥物袂拄好。今這陣知影你已經平安倒轉去厝裡，我才放心。毋過你tī批內底全全餒志ê氣氛，我有略仔捎無揔。

就像你講ê按呢，近來穡頭真少，罕得幾時清閒通看寡冊，小歇一下，何必憂悶？只要保持身體健康精神快樂，這一半個月仔ê虧損，真好補足敢毋是？有啥物通好餒志ê？

人生僫得圓滿，世事袂得齊全，你應該kā心情放予輕鬆，kā眼光囥予遠，毋通為著tsia-ê小可仔代誌就來齷齪。我是雷公損袂死ê，天大地大ê代誌，mā無才調擾亂我ê

1　楊資崩：楊逵ê大漢後生，現此時tī桃園大溪鎮經營滋生百花園，專事蘭花ê無菌淤種。

心情，你有啥物困難，有啥物僫排解ê心事，攏做你照實講予我知！雖然無能為力，總是會使替你想辦法排解憂悶。厝裡ê生活所費kah小弟小妹ê學費較要緊，我欲挃ê物件暫時毋通寄。

畫報、報導各一張，我領著ê錦標頂提字寫「自強不息」四个字，真合我ê意，等有機會才koh寄轉去。

祝

平安快樂

四十六年・十一月・十六

理想之穎mā通puh矣

理想之芽也該萌了

賴瀅伊 譯

親愛ê萌：

又koh新正矣，這个時陣你提懸對文藝穡頭ê趣味，有想欲落去編台灣抗日史，我真歡喜。為欲祝福你來做這有意義ê穡頭，我送你筆名「萌」。對你來講，捌掖種掖十外冬，mā捌栽過百萬欉花草ê你，這个字ê意義是免koh加講。

彼是偌爾仔有精神、有氣力啊！

春天koh來矣，你ê理想之穎，mā通puh矣。

十三彼日ê批收著矣，細包ê（錶仔、lái-tah、目鏡、bi-tá-bín二）mā攏有收著。既然你共士林ê工課辭掉倒轉來厝裡，彼就煞煞去。是講我猶是希望koh免偌久ê未來就揣有機會來達成你ê向望。

新正應該是準備這穡頭ê好開始，趁搬厝kah起新厝ê機會，你就kā你理想中ê小模型建立起來。毋過免siunn

過頭緊張，定著愛留一寡仔時間落來用tī文化穡頭。工課是愛配合ê，走精就毋好矣。

唉！小弟小妹koh免偌久就通出業，thìng好kā你鬥擔家庭ê責任，你就會當小歇一下。

四十六年・十二月・二十

我毋捌綴無著陣

|我未曾落過伍|

賴瀅伊 譯

親愛ê素絹：

二六ê批有收著矣。連鞭仔是大粒球，連鞭仔koh是麥仔酒桶，敢愛請大兄kā門口hùn較闊leh？敢會脹kah門攏袂得入去？我leh想你猶是愛較捷運動kā身體練予較結實leh。阿爸瘦罔瘦，身體猶算是勇健，最近食早頓進前上山剃草，我毋捌綴無著陣。

逐工走五千公尺，骨頭有khong-khong皮肉袂過風，毋驚風霜凍，毋驚日頭曝——這是我的生活信念。

你參加故事演講kah騎鐵馬走標攏真好，咱免去爭頭名，咱ê對手是家己，繼續kā身體kah精神攏練予堅強就好矣。按呢就是有路用，就準講是一支針、一支剪仔mā好，哪著的確做大thiāu？

親愛ê碧[2]、建、陶：

　　恁攏好無？Tī新所在、新厝、新ê春天，我向望恁攏會當振作起來。

祝
新年快樂、厝內常在有笑聲

民國四十六年・十二月・二十

2　楊碧：楊逵ê細漢查某囝。

我會kā笑聲紮轉去厝

|我會把笑聲帶回家|

賴瀅伊 譯

親愛ê萌：

二五寄予你ê人像敢有收著？我向望看著恁歡喜ê消息，毋過你二三寄來ê批，煞猶原是悲觀鬱卒ê呼聲。我kah幾个做醫生ê朋友研究過你ê情形，逐家攏認為你有小可仔神經衰弱。這款病，我也有幾擺仔經驗，知影這真苦惱，你著愛用心治療。頂禮拜報你食ê漢藥，毋知你有食無？隨敆一帖來食看leh，醫生講注男性hoo-lú-bóng ê射原那有效，攏會使試看覓。

你講厝裡袂和koh無溫暖，我知影這真使人艱苦。毋過我就欲轉去厝矣[3]，請你相信我一定會kā你一直向望ê笑聲紮倒轉去。小忍耐leh。

這款病ê病因是神經緊張過頭，不如意ê代誌siunn濟

---

3 這時離楊逵刑期到期日五十年四月初七猶有三冬外，楊逵認為毋是真久。

矣，想袂曉、袂做得，koh加上無伴稀微，四界受打擊。就會愈蹽愈深。所以你除了愛食藥仔kah注射，心頭就掠予定，穩定精神。

我kā你擬一个計畫，望你著照實執行。若感覺做袂到抑是執行了後發現袂做得，你就kā具體ê情形寫來kā我講，咱才來重研究。

以你ê能力tī現實ê情形之下做袂到ê，毋通幻想，kā精神囥tī日常生活當中ê修養、工課kah學習頂懸，kā整理做有理路ê，你就會發現逐工進步，會使恢復信心，按呢做對這款病ê療養kah走揣未來ê出路攏有好處。

(1) 頂半年kā厝裡ê種作整理一下，種寡好管理ê果子樹kah花栽，小弟小妹in出業了後[4]，你就離開厝。

(2) 後半年以後，家庭ê擔頭就予小弟小妹in小擔一下，你會使那食頭路那讀冊去大學讀夜間部深造。揣幾个仔較有話講ê朋友互相勉勵是蓋重要ê。小弟小妹in敢毋是攏有in家己ê朋友？莫siunn孤獨，你就揣會著。

(3) 作穡愛撙節，留寡時間讀冊看報紙，寫日誌。注心kā逐工所學ê，做ê，想ê寫予清楚，毋通寫空思ê感情，逐禮拜做一擺kā彼禮拜經過ê情形詳細寫來

4　楊建將 tī 民國四十七年 uì 大同工專出業。楊素絹欲 tī 民國四十七年 uì 台中師範學院出業。

予我，按呢就會使kā你挐氅氅ê精神沓沓仔理予清。有閒ê時，kā往過予你ê批整理一下，才koh照順序看一下，kā你做會到ê記起來隨去執行。有疑難ê寫來kā我講，方便檢討。

(4) 我計畫轉去了後欲整一个農場（tsia有一个朋友[5] tī八堵火車頭彼跤tau有十甲ê土地）兼辦出版。到彼時你會使揀你家己歡喜ê穡頭，可比講出版業務、編著、採訪、農園管理。Tsit-má你猶未揣著你興趣啥，免要求去精進啥物專業技術，學寡一般社會常識kah文化工作ê基礎就有夠用矣。專業技術會使tī工課場學著，毋過，報紙是逐工愛看ê。咱會使沓沓仔攢，千萬毋通著急。

祝
安好

四十七年・正月・初四

5　這位朋友是楊逵tī綠島ê同學，啥物名姓伊無提起過。

規厝間花芳ê快樂世界

|滿屋花香的快樂世界|

賴瀅伊 譯

親愛ê絹：

你寫來ê批kah〈班會〉彼幾篇小品文攏看過矣，寫了袂穤，尤其你對囡仔ê態度真好，予阿爸感覺真驕傲，我ê查某囝竟然成做一ê好老師矣。你這款誠懇ê態度kah周到ê觀察，毋但會當得到囡仔ê信任kah真好ê教育效果，koh會使替你kā佮意ê寫作拍基礎。五年ê囡仔，你猶會使揣機會kā in鬥相共，對待二年ê囡仔，你更加愛去建立一段好ê師生關係。

你這款文章應該繼續寫落去，材料會使uì教室揣到全校，才koh擴大去到有囡仔ê家庭，甚至是規莊。這類ê小品文，若經過雕琢，收做一本冊一定真有價值，阿爸一定會替你做kah到。

大兄去高雄了後，已經有回批，這擺伊kah森哥做伙作穡、學習，我leh想伊ê精神一定會安定落來，鬱卒ê情緒mā會當沓沓仔化解，我感覺真安慰。

你講厝裡各種花蕊攏當leh開，你會使挽寡共挾tī冊內底晢予焦，寫批ê時，挾tī批內面寄來予我，mā寄寡予恁大姊、大兄、二兄，予阮tī外地leh漂浪ê mā thìng好鼻芳一下，這花芳會𤆬咱倒轉去十幾冬前，一家團圓規厝間攏花芳ê世界，真奇妙著無？

祝
安好

四十七年・十二月・二十八

未來是光明ê

未來是光明的

賴瀅伊 譯

親愛ê秀俄：

阿建寫批來講：伊利用新正四工ê假日去花蓮看你，講你雖然生活無好過，毋過你真堅強儼硬，身體mā袂穤，特別是你對囡仔ê教育真用心，囡仔攏真活潑koh捌代誌，我真安慰。

做人免驚艱苦，咱若無餒志，意志堅定，相信咱一定會行出一條光明ê路。

你應當猶會記得，你細漢ê時，咱mā是捌過去著彼款艱苦ê日子？毋過到你差不多十歲，咱就建立一个美滿快樂ê家庭矣。雖然十冬來，咱koh一擺經歷分開ê苦楚，過不如意ê日子，毋過，離倒轉去ê日子愈來愈倚矣，等我若倒轉去厝，咱就thìng好團圓，koh再起造一个比較早koh較好ê家，過了koh較快樂。

小弟小妹攏真同情你ê處境，我也時常思念你，過去ê

代誌就放予過去，毋免koh再為伊艱苦，好好仔保養身體、教育囡仔，未來是光明ê。

祝你
新正快樂

四十八年・二月・初一

暝真暗煞有天星

|黑夜卻有星光|

賴瀅伊 譯

親愛ê絹：

頂禮拜寄去學校ê批收著矣著無？因為篇幅ê關係，kan-na會當叫你忍受，hannh！是欲按怎忍受這款強強欲叫人袂喘氣ê稀微leh！無的確你會感覺阿爸敢袂siunn酷刑？其實快樂kah無快樂定定攏是一念之差爾。

人面對著日頭ê時，感覺一四界光焱焱，袂輸世界上攏無暗暝仝款；面對烏暗ê時，煞顛倒反，這攏是幻想。尤其是單純leh幻想、情感iȧh過理智ê少年家，往往攏會陷入這款ê幻想。若是較定步、較有耐心leh，就會發覺著，日時mā有烏影，暝雖然真暗煞有月光kah天星。

Tsit-má你會更加感覺無依無倚，無親無tsiânn，其實，tī無偌遠ê所在，阿兄、阿嫂、阿爸攏真要緊你，只要毋通餒志，毋通拒絕，阮攏會盡全力來幫助你。這半冬外，你無寫批予我，害我烏白猜想，這毋但是你家己一个人會

ut tī心內leh受苦，mā使我加添袂少憂愁kah心悶，今你這陣ê遭遇，正正是我捌克服過ê，mā看過真濟ê，定著會當替你揣著出路。

Lo̍h-á，你才出業一冬，處理代誌較無經驗往往攏會，有真濟代誌mā毋是講蓋好紡，這是逐个少年家攏愛面對ê磨練，mā是考驗對方ê機會，千萬毋通失志。只要耐心、明智，欲過這關是無啥問題。

兩個月前，大兄敢毋是mā仝款陷入這款ê困境？伊來看我ê時真失志，毋過轉去了後，就真順序矣。阮ê心肝仔囝ê痛苦就是阿爸ê痛苦，恁逐家有影快活，阿爸才會快活，決定去一逝！路費阿兄in攏會鬥發落。

祝

平安快樂

四十八年・七月・十一

保持樂觀ê精神

|保持樂觀精神|

賴瀅伊 譯

陶ê：

新正又koh過矣，koh十五個月我就通轉去矣，迒一个中秋，一个年，連鞭就會到，望恁著小忍耐一下。我轉去了後，一切就通復原，就通來向望食老ê快樂日子。

Tsit-má我上煩惱ê，是資崩tī台北做送貨員，生活定著真艱難，愛維持in幾个人ê頭喙，生活一定真歹過，素梅又koh得欲生矣，無法度出外揣頭路，等到囡仔出世，擔頭會koh較重，著愛想辦法kā鬥tánn扎，予in ê手頭較冗寡。

萌寫批來講：三張犁有朋友ê土地通稅，我已經叫伊去kā土地ê情形調查予斟酌，若適合種花，予伊tī這方面發展，伊就有經驗mā有把握矣。

希望你去傱寡仔錢，銀行ê借款若通緩量約仔就有夠矣。

我希望這tsuí ê大囝細囝攏通安居樂業，保持樂觀ê精神拚落去，按呢準講愛賣鼎賣灶來kā in鬥相添mā笑笑甘願，只要in攏會當保持勇健ê身體、樂觀ê精神，我轉去了後欲koh東山再起是無問題ê，咱食老ê快樂日子自然mā袂出問題。

祝
安好

四十九年・正月・初二

阿公無想欲lán-si

|公公永不想偷懶|

賴瀅伊 譯

天進仔：

七月二三ê批收著矣，逐工逐工你攏有進步，阿公感覺真安慰。八一、八七兩擺ê大風颱，聽無線電放送講都真食力，毋知恁有著驚無？厝裡有按怎無？Tsia雖然mā有發警報提防，風颱煞無ká到tsia來。

唉，三禮拜前，阿公koh感著矣，自今年四月到今，猶未五個月leh，期間就已經感著三擺，逐擺感著攏拖兩三禮拜，算算leh原那占我一半ê時間，有影真惱。

唉，這擺醫生kā我檢查尿。發現是「肝功能衰弱」。講是病mā無算病，煞有可能是捷捷疲勞kah感著所致。阿公有真濟代誌欲做，無通lán-si，肝煞先lán-si起來，實在是掠伊無法啊。醫生開予我ê兩種藥仔，貴koh愛定定食，欲來緩koh真僫。

Hooh，見若薰無通噗tsuán哈唏彼時，阿公攏會想起你彼兩肢雞腿。若是阿公mā有一支甜物物koh通過癮，而且永遠食袂了ê雞腿，毋知欲偌好leh！

祝
平安快樂

四十九年・八月・十二

免驚 sàn

|窮是不必畏懼的|

賴瀅伊 譯

建：

十四、十八來ê兩封批攏收著矣，無毋著，莫講sàn kah袂得保持健康，抑是因為自卑感來餒志，免驚sàn。咱sàn，毋是因為無能、貧惰，mā毋是討債，其實是心安理得ê。你對這个問題已經有澈底ê理解，而且信心堅定，是我上歡喜ê。

身體檢查ê結果，證實肝功能有較改善矣，免koh寄別款藥仔來矣。Kuh-loh-sang有通擋到十一月底，pháng-too-phiánn通擋到二月底。到時敢著繼續食，請教醫生了後才koh kā你講。

Tsit-má ê情形比食藥仔進前好真濟矣。彼陣體重落到賰四十六公斤，早暗著做ê體操手攏擛袂赢，毋但泅水都毋敢，hām熱天洗身軀都感覺驚水驚風。Tsit-má體重回復到四十八公斤，雖然猶差兩公斤才算正常，毋過元氣是已經恢復矣，早暗ê體操是攏正常做會贏矣。上明顯ê改善是，往過逐擺若時行感冒我攏綴有著，而且koh是上早感著，上晏好ê，上倚ê一擺，隊內差不多一半較加攏感著矣，我煞規欉好好。無毋著，身體是咱唯一ê本錢，我定定有leh注意療養，相信會當身體勇健倒轉去見恁，kah恁做伙作穡，做你放心。

小妹ê心情我會當理解，我是驚若無去學校讀冊踮厝了後，是毋是會去影響著伊繼續學習ê興趣？

你kā我祝壽，我歡喜接受。當日有一个朋友掠幾斤仔水雞，阮就買幾綹仔麵線、揹一罐好酒，好好仔食一攤，過了真快樂。後擺當然會使kah恁團圓，享受這款豐沛。

祝

安好

四十九年・十月・二十八

詩

百合

賴瀅伊 譯

正月正，半暝聽炮聲，天未光就起行，
盤山過嶺來探聽。
你是啥？
鼓吹花，滿身紮鼓吹，鼓吹頭喝聲，
盤山過嶺來探聽。
探聽啥？
這爿山，盤到彼爿岸，一陣清芳一个白影，
大鼓吹，嘟嘟叫，叫爹又叫娘。
你愛啥？
我愛播出伊ê聲，
請兄弟姊妹想起伊ê名。
伊是啥？

三个戇大呆[1]

|三個臭皮匠|

賴瀅伊 譯

腹腸若大海
水清通見底

大度山毋是臥龍崗
黃袍囥故宮
龍種早斷絕

1 五个版本：
① 《中國時報》（一九七六年十月十二日）。
② 《羊頭集》（台北：輝煌出版社，一九七六年）。
③ 《夏潮》第二卷第四期（一九七七年四月），是〈追思吳新榮先生〉文中ê附錄。
④ 《羊頭集》（台北：民眾日報出版社，一九七六年）。
⑤ 《哲袂扁ê玫瑰》（台北：前衛出版社，一九八五年）。
楊逵根據李雙澤〈三个砧鞋師〉所譜ê曲，將原詩改寫做歌詞〈戇人移山〉。落尾tī一九七七年李雙澤紀念基金會主辦ê演唱會「逐家唱新歌！」當中發表。
《羊頭集》「輝煌」版kah《民眾日報》版tī文篇後壁攏有註記「民國六十五年九月二十八日教師節」。

反塗工夫學好勢
拚勢出力 kā 掘 luē̋
好通釘根徛予在
我是戇大呆
你是戇大呆
三个戇大呆
拍拚做伙來

地是咱 ê
拚生拚死
先人開墾得來 --ê

國土是咱 ê
拚生拚死
先人開墾得來 --ê

戇人頭一代
戇人第二代
戇人第三代

接紲來開墾
拚勢來釘根

起造新樂園

《中國時報》，一九七六年十月十二日

一粒好種子[2]

賴瀅伊 譯

詐欺ê店頭賣歹物
專門賣出歹種子
一包一包種落去
Puh袂出好穎，開袂出好花蕊
錢財勞力攏白費
耽誤ê時間真寶貴

今日得著一粒好種子
好種子啊好種子
用心血揣著你
趕緊鬆地種落去

2 ① 第一擺發表 tī《笠》第六十七期（一九七六年十二月）
② 手稿頂面註明日期「一九五六年九月」，攏總分四段，前三段 kah《笠》版差不多完全相仝，但第四段是《笠》版所缺。
手稿第四段是：「開開荒地種下去，提防鳥鼠提防雞，時刻照顧朝晚沃水，予伊發芽 koh 發枝，種滿天下庭園裡，萬人共享美麗好花蕊。」

提防鳥鼠提防雞
時刻照顧，早暗沃水

時候到矣puh穎koh發枝
開花傳落千萬好種子
莫予落tī石頭裡
鳥獸食去變做屎
莫予落tī臭溝裡
泡水漚爛無生機

開墾荒地種落去
提防鳥鼠提防雞
時刻照顧早暗沃水
予伊puh穎koh發枝
種滿天下庭園裡
萬人共享美麗好花蕊

台灣美麗島——外一章[3]

賴瀅伊 譯

台灣美麗島
四季如春真正好
樹咱栽路咱開
開墾田園
掖種koh沃肥
辛苦一代又一代
咱是開拓者
毋是戇奴才

3 出處、日期不詳。

臨時臨寫

｜即興｜

賴澄伊 譯

會記得細漢時
我是蓋佮意詩ê
時常去曠野走相逐
Kā詩做歌來唱！
和田嬰、尾蝶仔走標比賽

毋過tī足久足久ê一段時間
我煞共詩放揀
無leh寫mā無leh唱
因為足慼「皇民之道」
呵咾「七七」ê暴行
更加是予人袂當忍受ê酷刑！

我無愛聽悲歌
悲歌煞uì塗牢裡響起

親像老牛吐大氣
我無愛聽悲歌
周圍ê暗溝仔內
煞有一陣大鳥鼠
吱吱叫leh搶食

今仔日真好運
聽著眾詩人leh講
「陽光小集」ê歷史
聲音雖然是遮爾仔細聲
盼望向陽悉領in
大步行向光輝燦爛ê大地！

大潮

賴瀅伊 譯

是大潮毌來ê月圓--nih？
抑是滿月毌來ê大潮？
海邊ê空氣清氣矣！
今仔透早
我kā糞埽倒落去海裡ê時陣，
清涼ê風kā我叫精神。

風颱過矣，
規堆ê枯枝爛葉，
濫參豬骨kah漚魚頭，
變做臭臊歹鼻ê世界，
Tī昨暝，滿月下跤，
大潮kā伊摒掃kah清氣tām-tām。

日頭現面東爿山頭，

海埔來一陣
撈魚栽ê男女老幼，
有ê是清風，
Koh有人leh歡喜樂暢。

散文

愛聽人民的聲音[1]

｜傾聽人民的聲音｜

林東榮 譯

「健全的政治著倚靠健全的輿論」這是陳儀長官講過的話，確實是按呢，放目（pàng-ba̍k）輿論的政治是傲慢的獨裁專制政治，彼是毋捌路的青盲馬。上好的例就是納粹（La̍p-tshuì，Nazi）德國佮軍國主義日本，個的運命就是咱一路看到今的。講著這鐵的事實，咱遮所有向望有健全政治的朋友，定著愛共這教示园佇心肝內。共放目佮貧惰做改正的，伊的運命佇歷史上會使講已經判定矣。

若是按呢，健全的輿論是啥物咧？欲按怎才會來發穎閣予大欉起來咧？

就是誠心來聽人民的聲音，需要共種種挺到輿論的懸度。製造出來的輿論若親像日本、德國喝的「大勝利」彼款，到尾仔是咧挖家己的墓窟爾爾。

家己「激婧」[2] 煞穩毋知，佮夆硬櫼入去的「假聲」，

1　文章原名「人民の聲を聴け」，台文譯做「聽人民的聲音」。

2　原文「粧作」，本文譯做「激婧（kik-suí）」，打扮化妝變婧的意思。

是無健全之中的無健全，彼就袂久長，這是咱賢明的政治家該當知的。尤其像現此時的範勢，健全的輿論欲來浮頭是真僫，就應該共茶前飯後，路邊田頭，街頭巷尾的聲音齊抾起來，這才有法度誠心真意來聽人民的聲音。

健全的輿論就愛按呢來發芽（puh-gê）抽懸的。

《台灣評論》第一卷第二期，一九四六年八月

為這一年哭

|為此一年哭|

賴瀅伊 譯

這一冬ê期間，咱做著啥貨？會記得舊年ê今仔日，我聽著日皇投降ê電報，感動kah流汗顫掣。是感覺咱總算是解脫矣，kā咱束縛ê鐵鍊仔拍斷矣，咱thìng好自由生活矣。

我相信咱ê心猶未死去，有所為，真濟朋友攏leh講：咱愛合齊建設一个好好ê新台灣，毋過結局是按怎？

真濟少年家leh ai無頭路，真濟百姓leh食「豬母乳」炒菜脯，死袂去活無路，貪官汙吏摸袂了，奸商靠勢欺良民，是非顛倒反，惡毒leh橫行，這是一个啥物款ê世界leh？

講幾句實在話，寫幾字正經字煞受著種種ê威脅，kā舊鎖枷拍碎，又koh加添了新鎖枷。結局時間是白了ê，毋過回顧這一冬ê活食死坐，總是感覺見笑，不知不覺煞leh哭，哭民國無民主，哭言論、集會、結社ê自由猶未得著保障。哭寶貴ê一冬白了去。

朋友罵我siunn軟汫，伊講民主就是愛老百姓逐家去爭取，聽起來無毋著，自按呢，目屎拭拭leh來寫記事簿：「自今仔日起，是爭取民主日，今年是爭取民主年。」我堅心想想leh，毋通koh哭矣。

《新知識》1期，一九四六年八月

從速編成下鄉工作隊

賴瀅伊 譯

因為台中市民起義，打擊貪官汙吏、奸邪之徒來爭鬥，義民四起，踴躍應援，員林隊、彰化隊，豐原隊、埔里隊、大甲隊等等，攏已經到位參戰。按呢窮實就看會出來普遍人民已經忍無可忍。

另外有消息會當相信其他各地mā陸續leh編隊備戰，咱雖然需要集中勢力，毋過過頭集中tī仝一點，tī工作上有較不利，自今仔日起，咱必須愛組織下鄉工作隊，到鄉鎮去宣傳，組織kah訓練工作，按呢做咱才會當保持預備軍ê兵力，才有法度展開高度ê普遍工作，發揮咱ê力量，咱愛居安思危，為著爭取民主kah自由，咱就愛保持到底，這工作毋是一時一刻ê。咱愛覺悟，這是需要久長ê時間koh艱苦ê工作，所以咱需要保持koh擴大咱在生ê力量，tī這个觀點之下，咱著趕緊擴大咱ê工作普遍到鄉鎮是目前上要緊ê代誌。

以下列幾个辦法來做參考，毋過這是原則，當然袂適用tī一切ê場合，tī情勢無全ê情形下，是愛有伸勼ê。

第一，tī市民控制之下ê都市，隨時愛從事統一工作。

咱略仔有欠點，就是你一黨我一派，個人思想偲改變，毋過tī這个爭取民主kah自由，爭取自由無限制普選產生自治政權ê階段，除了貪官汙吏、奸邪之徒tsia-ê反對派以外，是會當擴大統一戰線ê。Tī這个階段，咱需要包容各界（學、工、農、商、婦女、文化各界）mā著包容無黨派，擴大民主統一戰線。

第二，下鄉工作隊會使三人至五人一組，分發各區，在地聯合訓練當地ê智識份子，進步koh有熱情ê少年家，開始宣傳、組織、訓練工作，進一步kah鄉鎮公所kah警察合作，推行自由無限ê選舉，產生鄉鎮區自治。

第三，tī tsia-ê工作第一ê對象，就是鄉鎮ê核心少年家，以十人組一小隊，五小隊組一中隊，兩中隊以上組一大隊，這會使號做鄉民抑是鎮民保衛隊，保衛隊需要準備隨時有通趕到別鄉鎮抑是都市支援，毋過平常時需要協助農家生產抑是合作生產，有法度供應家己。

第四，第二ê對象就是以鄰里抑是村鄉鎮做基礎地域ê自衛隊，這是自衛隊，原則上免遷徙，只要保護家己ê鄰里，抑是村鎮，鄰里抑是村鎮需要附屬合作工作抑是互相工作，以增加生產kah防衛。

第五，第三就是婦女、工人、學生、教員等等各界ê組織，進一步取得各界會當聯合起來，互相幫贊、互相看顧。

確實kā幾點攏做kah到，咱才會當爭取勝利kah保證勝利，koh來就是民主自由ê光明大道！

以上是台中民主鬥士眼前ê急務，mā是已經得著控制ê都市ê民主鬥士攏愛趕緊確實去做ê工課。各鄉鎮ê民主鬥士毋捌得著都市派來ê工作者ê幫贊，mā著緊隨kah都市取得聯絡，普遍著開始工作。

原載台中《自由日報》，一九四七年三月初九[3]

按：

以上原文件一九四七年三月初九台中市出版ê《自由日報》，無署名，毋過根據我所知，確實是楊逵所作。彼幾工我kah伊逐工都見面，伊tī台中起義群眾組織當中負責組織工作，起草這个文件敢有經過集體討論通過，毋知影，毋過這作為一款指導性ê文件發布確定是無疑問。會記得tng當時除了tī報紙頂公開發表之外，koh印做孤頁傳單散發。我tng當年離開台灣ê時有紮出一份傳單，尾仔抄tī《革命記》初稿本頂，現照抄為上，連元件ê文字差錯kah標點都無改動。這个文件可能就是楊逵回憶錄當中提著ê「米上校」為著減輕伊ê「罪證」刁工毀掉ê彼件。另外，楊逵

3　第一擺發表ê版本應該是《自由日報》一九四七年三月初九版，已亡佚。

koh親喙kā我講，八一九月《自由日報》有署名「一讀者」ê《二·二七慘案真相——台灣省民之哀訴》也是伊寫ê。毋知你tī美國揣會著無？我保存ê簡報無齊。會當uì兩篇文章內底知影楊逵ê思想kah文字風貌。（王思翔）

陳芳明編，《台灣戰後史資料選：二二八事件專輯》
（台北：二二八和平日促進會，一九九一年）

人民ê作家

｜人民的作家｜

賴瀅伊 譯

△ 人民ê作家應該是人民ê一員，愛靠家己ê血汗kah人民鬥陣生活，若是像今仔日流行ê欺瞞人民、踐踏人民ê偽人民代表，「龜跤」隨就會趖出來，人民ê作家袂當是特種人、特權人，更加袂當替特種人、特權人抑是伊ê奴才來達成榮華富貴。不管榮華富貴敢有過手，只要榮華富貴ê空思夢想剝袂離，人民就會kā放揀。

△ 這个立場愛徛予tsāi。堅心保持按呢ê生活態度，才會當認捌人民ê生活kah感情思想ê動向，有這款確實ê認捌，才會當共人民ê生活感情思想動向真真正正表現出來。

△ 人民ê作家應該用伊ê智識來整理人民ê生活經驗，幫助人民確實認捌家己ê生活環境kah出路，tī這當中，mā應該用人民ê生活經驗來充實家己，追求理論kah實踐ê都合。

△ 人民的作家應該以人民ê語言寫作，毋過無應該無原則

去追隨in落伍低路ê趣味，正正愛tī寫作ê內容經過整理來提高in生活體驗kah表現。

△ 相連紲去接觸kah考察，來達著真正ê認捌kah表現，才袂淪落到做一个空殼ê人民作家。

《力行報》，一九四八年八月二十三日

墾園記[4]

賴瀅伊 譯

台北近郊有陽明山、彰化近郊有八卦山、高雄近郊有壽山；攏離市區蓋近，交通方便，會當看遠，是遊賞散步ê好所在。

我真佮意tsia-ê所在，mā攏踸過一tsām。

真早我就看佮意離台中市區無蓋遠ê大肚山，數想欲tī這个所在照我家己ê設計開墾農園，種寡草仔花、果子，來過逍遙自在ê田園生活。

有人問我是按怎欲買這款不毛之地。

4 版本有四版：

① 《台灣新生報》（一九六九年三月十二日）

② 《羊頭集》（台北：輝煌出版社，一九七六年）

③ 《羊頭集》（台北：民眾日報出版社，一九七九年）

④ 《萮袂扁ê玫瑰》（台北：前衛出版社，一九八五年）

除了《台灣新生報》以外，各版本kan-na有少數用字ê精差。按編輯體例，採用《台灣新生報》版。《台灣新生報》版了後ê版本結尾，攏加上上尾兩段：

「是lah，我袂否認。」

自按呢，我就開始寫矣，用紙筆。

理由真簡單，「有毛」之地siunn貴，買袂起。

買了，kan-na予囡仔反對kah朋友責備就飽kah醉，講我這个人規工leh陷眠興夯枷。

囡仔序細隨人有in ê興趣，對這塊拋荒地無信心，自然袂合作得；koh無錢倩工鬥做，luí錢買地ê利息逐個月著納，實在是注定愛拖屎連矣。

Tī這款進無步退無路ê情形之下，我決定弓落去。

食苦我無要緊。Tī我一生中，食苦就已經慣勢慣勢矣。

毋過為著luí錢頭犁犁，為著納利息來走從，煞毋是我所願ê。

好佳哉老牽手有通容允，一直替我分伻tsia-ê艱苦代。

我kā掛一塊細細塊ê khǹg-páng：「東海農園」。

Koh起一間細細間ê厝，通閃風覕雨。

用上原始ê農具，一坪一坪kā地開墾，才koh一坪一坪kā草仔、花、菜蔬攏種落去。

若欲沃水就愛去真遠ê水圳hia擔，停水ê時無水通沃，欠水ê時水利會員毋予你擔。

暗時抾石頭，一擔一擔來扛，攏愛做kah半暝。照光ê工具是上原始ê「壁虎」臭油燈，透小可仔風就會hua去，就只好tī烏暗中用摸ê。

彼時「東海農園」tī這塊全全石頭ê khut頭山leh開墾ê時，連附近ê農民攏笑阮癮頭。

毋過事實證明，只要設計好勢koh屈會落去，抛荒地mā會變做媠花園。

Tsit-má，這片欲三千坪ê抛荒地已經開墾好勢矣，種幾若百款草花樹木，一年透冬攏有花通開，水電灌溉設備mā安了差不多矣。

參觀ê人漸漸仔濟。

有人講，tsia好親像是公園。

我mā願意叫伊「東海公園」來消遣。我更加充滿信心，想欲kā這个小小ê私立公園顧予好勢，變做遊賞ê好所在，予逐家來遊覽攏免錢。

我這个陷眠ê，愈來愈勢陷眠。

我看著氣派ê大樓kah規模大仔大ê工廠逐工leh建設，mā看著腌臢ê所在愈來愈濟。

若是tsia-ê建築物之間無kah草仔、花，予環境清氣清幽，可比畫龍無開光點眼。假使逐家mā願意囥想囥想，阮歡喜甘願替逐家設計、施工用實際ê開銷kā「東海公園」ê幾若百款奇花怪木推廣到每一个角勢，予規个城市公園化。

這六冬外ê經驗，予阮有把握tī破磚亂石頂面種花，kā腌臢ê所在變做媠花園。Tī厝前厝後、厝頂抑是窗仔口tsia-ê所在種寡草仔、花、排寡盆景，確實是上好ê妝娗。

阮歡喜替逐家鬥做花園，做埕斗顧問，認真替逐家服務，替逐家解決沃水、壅肥、修剪kah掠蟲治病tsia-ê管理上一切ê問題。

最近有一位編輯來迌迌，問我近來敢有寫詩。我笑笑仔應講:「有leh寫，逐日mā寫。毋過tsit-má用ê毋是紙筆，是用iân筆寫tī塗跤。你tsit-má看著ê有婧無？」

伊承認我ê講法了後講:「是lah，這是一篇真婧ê詩篇，是你不凡ê創作。尤其你這六冬外ê奮鬥，更加是一部予人感動ê故事。毋過會當來到tsia參觀，聽你講故事ê總是有限。用筆寫ê物件，會當湠愈大、愈闊、愈遠，這个事實你會當講無呢？」

「是lah，我袂當講無。」

自按呢，我就kā這支屈頭筆揣出來矣。

羊頭集

賴瀅伊 譯

風颱過了，花園一片淒涼。

龍柏予風颳倒矣，菊仔花挐氅氅，比跤腿閣較粗ê鳳凰木uì中櫥斷去，塗跤一四界攏是予風拍落ê樹仔枝kah葉仔，叫人毋知欲uì佗做起。

阮四个老ê幼ê園丁，kā倒tī塗跤ê龍柏、茶花phôo起來，當leh整理菊仔花花園拍落ê枝葉爾。第二擺ê風颱又koh來矣。

厝瓦飛去、牆仔倒去，予風颳kah破破去ê塑膠吱吱kuainn-kuainn，袂輸鬼leh吼，規暝攏睏袂去。

弓到五點，天未光，我就雨幔幔leh出去巡巡看看leh。

Kā龍柏phôo起來，茶花又koh倒落去，規塗跤攏是予風拍落ê樹仔枝kah葉仔，hām行路都僫。

自按呢，一直無閒幾若工，忝kah欲害去。

食晝了，我kah文藝月刊提出來矓tī涼棚仔跤ê椅仔頂伸勻，若彼一絹一絹垂落來ê天色藤花，予風捌kah清氣tam-tam，又koh puh新ê穎，感覺真安慰。

損失雖然袂少，毋過若kah生活tī戰爭之中ê人來比，是好真濟。

我想欲振作起來，毋過這幾工落來無啥歇睏著，實在真忝頭，愛睏神趕袂走，就開始盹龜矣。

眠眠感覺正面頷仔頸煞擽擽。我伸手挲挲leh，倒面擽擽，我koh伸手挲挲leh，想袂到竟然擽uì身軀頂來矣。我掠準是刺毛仔蟲leh變鬼，koh伸手挲挲leh，竟然掠著一枝草仔，越頭kā看，竟然是查某孫楊翠leh變鬼。

「你這隻大刺毛蟲！」

我掠著伊ê手，伊煞那大聲笑那peh起來我ê大腿頂。

伊kā落tī塗跤ê文藝月刊抾起來，看一下仔雜誌頂面ê圖kah文章！

「阿公，這siáng寫ê？」

「雜誌hioh，足濟人寫ê。」

「阿公敢無寫？」

我搖頭。

「寫啊，阿公哪會無愛寫？」

「阿公無閒……你看，規塗跤攏是予風拍落ê樹仔枝kah葉仔，攏清猶未了啊！」

「我來鬥相共，我攑掃帚來掃掃leh。掃了來薅草，抾樹仔枝……阿公你寫啊！」講煞就欲suan。

我kā唚一下，攬牢牢，感覺精神攏來矣。

「阿公ê喙鬚會刺人，哪會無愛剾剾leh？」

「無閒啊！」

伊koh kā文藝月刊看一下，「這是按怎寫ê，有閒愛教我寫neh！」

「你想欲寫？好啊！」

楊翠是我第二後生ê大漢查某囝，今年八歲，國校仔一年ê讀拄煞。伊逐擺放假攏會轉來tsia，我做ê，伊攏會學做。薅草、沃花、剪花、甚至會kā鋤頭夯teh肩胛頭去掘地。Kā做好ê oo-lóo-bo̍k-tsè koh掘一遍，愈做愈惱。

暗時我tī桌頂看冊，伊mā tī邊仔敕燒，看寡冊，寫寡字。

「你講想欲寫文章是無？」

「是啊，愛按怎寫，教我寫啊！」

「好，你就寫日記！寫予爸爸媽媽mā好。」

伊kā稿紙鋪平平，筆擛予好。

「就寫你今仔日所看著ê，你想欲寫ê攏寫出來。啥款？」

「今仔日是拜六，放學以後我就請阿媽悉我轉來東海花園，四界攏是花，有菊仔花、劍蘭、玫瑰攏開花矣，有夠媠ê！桔仔足大粒ê，我伸手摸看覓，足歡喜ê！我想欲挽，想著阿公教我黃ê才通挽……啊，彼爿ê木瓜黃矣。我行去挽一粒，比我ê頭較大粒，真歡喜，提入去厝內攑刀仔kā破開。咬一喙，真芳真甜……才想著阿公講ê話：『無公道！無公道！有代誌逐家做，有物逐家食……』我問阿媽咱厝有幾个人，阿媽叫我算看覓。

我掰指頭仔kā算。

阿公……一个，阿媽……兩个，李叔公有來無？……有，三个，王阿伯……四个，文德阿叔……五个。就用刀kā木瓜切做五份，先提三份去tī園仔內予tī hia作穡ê人，轉來提一份予阿媽，閣提一份想欲予阿公，桌頂無矣。

毋知欲按怎ê時，阿媽笑笑講：『你無算著你家己，無，這份予阿公，我這份予你。』

阿公講：『無公平、無公平。』

就kā刀仔接過去，kā我予伊ê彼份切做兩tsiu，叫我提一tsiu予阿媽。

我提大塊彼塊講：『按呢mā無公平！』」

我提醒伊今仔日發生ê代誌，予伊家己寫出來。伊寫了真緊，毋捌ê字攏用注音符號寫出來。

寫了以後伊提予我看，寫了真清楚，毋過注音符號我看無，就請教我ê小先生，伊真認真kā我教，koh教我按怎拼；按怎呼四聲。真正是親切可愛ê小先生。

伊轉去in爸爸hia了後，tī兩禮拜內寫兩封批予我，叫我kā回。

「阿公你好無？你敢有接著我一張批？哪會無回？阿媽ê病有較好矣，請你放心。小妹楊靜寫ê字有較好矣。小妹楊菁mā無koh捙tshi矣。請你放心！爸爸工作真無閒，請你來鬥相共。我考試四九五分，koh差五分……」

有一寡仔注音符號頂寫ê字，可能就是請教阿媽才koh添起去ê。

我猶有一个小先生，光復ê時陣伊leh讀國校仔三年ê。彼陣我mā毋捌國語。伊逐工kā伊tī學校學著ê，親像是：用雪文洗手、用面巾洗面、擛箸食飯……等等攏總學轉來教我。

伊tsit-má已經是三个囡仔ê老母矣，這陣tī國校仔做老師。

伊mā真愛寫文章。

師校拄出業ê時，伊寫批kā我講，愈寫愈袂通，愈寫愈無滿意ê時，我uì綠島寄一本新生月刊予伊，內底有刊一篇「智慧之門就欲開矣」，是我回伊ê公開批。Tī hia我講若是自滿，掠準家己寫了真了不起，你就會停tī hia。家己感覺袂通，無滿意ê時，正正是進步ê象徵，我叫伊繼續寫，認真研究，這正正就是智慧之門欲開ê信號。

最近伊提一本大剪報轉來予我看，我感覺伊一冬寫比一冬閣較好，一篇進步過一篇，mā感覺真歡喜。

某ê真貧惰；凡勢是厝內工課無閒，身體穤，著koh出去賣花，真正無閒kah玲瑯趖，無機會通恬靜落來整理想法。近來攏無擛筆。毋過當興ê時，十冬前伊原那寫過一篇「我ê教練真酷刑」，囡仔想起來猶koh笑kah。

我mā真久無寫矣。

總是mā真愛這途，我捌講過，tsit-má ê我是用thôo-tshiâng kā詩寫tī塗跤；這句話有淡薄仔leh詼家己。

用thôo-tshiâng寫詩mā袂穤，上好也是兩支筆會使同齊用，毋才有意思。

等花園ê穡頭有較熟手leh，我就欲按呢拍算。

為著東山再起，我想，先kā阮過去寫ê文章編做一集是有鼓勵作用。

我認為，阮愛寫文章毋是為著欲寫出啥物物件通來教示人。我感覺逐擺若欲寫一篇文章，總是愛先坐落來恬恬仔思考，反省咱ê日常生活，檢討所看著，聽著，做著，想著ê。寫煞著koh研究，毋但是文字上ê研究，更加愛研究ê猶有思考、生活上ê研究，按呢就有法度沓沓仔接近正道，kā咱ê生活糾正，予咱ê生活袂siunn離譜……對家己是有好無穤。

這本冊集，我想欲kā題做「羊頭集」。

這本冊集，無一定愛出版，自然無掛羊頭ê必要。

其實近來狗肉較tshìng，聽講伊補強無補弱，所以賣狗肉ê攏叫芳肉店，「掛羊頭賣狗肉」這句話已經無合時代矣。

將來凡勢會有「掛狗頭賣羊肉」ê店mā無定著。

時代leh變，人ê腦筋mā leh變，甚至換名改姓ê mā袂少，有ê變木村，有ê變大衛。Mā有變做毋知佗一國ê，我都叫袂出來。

我姓楊是袂變ê，上少tī學校讀冊ê時，同窗就叫我羊頭。我ê囡仔mā是相仝。Tsit-má來花園耍ê囡仔攏叫我楊公，按呢，kā in掛tī冊集頂頭，就感覺有一點仔古錐kah親切矣。

寫到tsia，看uì山跤，我看著一群羊仔tī hia食草。

真恬靜，真和平，雄雄有一隻肥koh大隻惡khiàk-khiàk ê狗仔行過來。咩咩咩！叫聲齊響。警報發出來了後，較勇ê羊仔攏行做前kā較荏ê圍tī中央，圍做一輾。

真正是牛仔囝毋捌虎，羊仔囝煞uì箍仔內直直欲櫼出來，袂輸想欲試一下仔鹹汫leh。雖然是天真，予in見一下仔世面，罔汰mā袂穤。

這擺風颱，溫室內底ê花攏予風剾了了矣，毋過露地花園內底ê猶賰袂少。

《文藝月刊》第七期，一九七〇年

冰山下底

｜冰山底下[5]｜

賴瀅伊 譯

阮查某孫楊翠，今年十二歲，tī國民學校讀六年ê。頂月日in學校欲辦演講比賽，伊提家己寫ê一篇講稿來予我看。

題目是：「現此時是睏柴堆試苦膽ê時陣，毋是榮華富貴ê時陣」，第一節伊就叫逐家回想一下仔勾踐復國ê故事。

第二節伊按呢寫：「咱不時看著真濟人規工tī外口嚾、浪溜嗹，若毋是做賊仔就是做強盜，若毋是tī酒家leh出入，就是去跋筊，若是政府無才調予tsia-ê危害社會ê浪子回頭，

5　四个版本：
① 《台灣文藝》第四十三期（一九七四年四月）
② 楊逵作、張良澤編《鵝媽媽出嫁》（台北：大行出版社，一九七五年）
③ 楊逵作、張良澤編《鵝媽媽出嫁》（台北：香草出版公司，一九七六年）
④ 《砛袂扁 ê 玫瑰》（台北：前衛出版社，一九八五年）
「大行」版以後攏改名號「冰山底下過七十年」，《全集》採用《台灣文藝》版。

國家就算講有koh kah濟人kah錢，mā是無法度挽救這个步步敗退ê國家。

伊koh有寫真濟道理，我攏感覺袂穤，mā kā褒嗦一下。

決定比賽了後，伊逐透早食早頓進前kah食暗煞，攏會照鏡練習；姿勢聲調是蓋有範，予人有認同感；阮幾个仔園丁就kā拍噗仔兼鼓勵。

伊真愛透早，甚至捌tī國語日報投一篇「透早」ê稿leh呵咾早起，得著十五箍ê稿費。逐透早，天拄欲光，我kā米洗好囥入去電鍋欲去花園做體操、走標ê時，伊攏會自動kā我綴leh。

這幾工仔西伯利亞寒流來矣，東海ê風真透，誠濟人喝寒。毋過凡勢是我皮厚袂過風，我攏無改變透早起床了後ê體育課。毋過，楊翠煞袂記得伊上愛ê透早矣。三催四請mā是假睏無起來。

遍若按呢，我攏會學伊ê口氣講：「現此時愛睏柴堆試苦膽……」若講到tsia伊就會歹勢歹勢，家己peh起來。毋過煞會毋甘願講：「足寒！足寒！風哪會tsiah-nī透……」就無欲繼續行矣。

我攏笑笑講：「能源tī我身軀頂，能源tī我心內面……」手骨出力 hàinn-hàinn--leh，就開始走去花園ê運動埕做早操兼走幾liàn仔。

寢頭仔伊無啥想欲綴我走，落尾煞是伊上拚勢，kā阮超車。

「阿翠！敢猶會寒？」

「袂，我欲出汗矣！」

「阿公講ê無毋著乎？能源tī我身軀頂，能源tī我心內面；tī冰山下底過七十冬，雖然四界碰壁，毋過毋捌凍傷。」

「哈哈哈！」

「你看，日頭出來矣！」

「有夠媠ê日頭呢！」

《台灣文藝》第四十三期，一九七四年四月

我有一塊磚[6]

賴瀅伊 譯

這陣，我是東海花園ê園丁。

三十外冬前，「台灣新文學」月刊因為反日予日本政府查封了後，我捌做過「首陽農園」ê園丁。

「監視」我ê日本警察問我「首陽」是啥物意思？我笑笑kā in講：你知就會用得矣，koh問這欲創啥。

好佳哉這个園丁ê頭路無kā我枵死，顛倒kā我ê肺病醫好矣。

二十外冬前，我猶koh是「台灣文學」月刊ê園丁。

我tī學校學ê是文學，我向望有才調靠擲筆趁食，閣較向望有能力靠筆來創造一寡物件。毋過，便若擲筆寫字無

6 四个版本：
① 《中央日報》（一九七六年十月二十一日）
② 《羊頭集》（台北：輝煌出版社，一九七六年）
③ 《羊頭集》（台北：民眾日報出版社，一九七九年）
④ 《哲袂扁ê玫瑰》（台北：前衛出版社，一九八五年）
四个版本精差無偌濟。

法度滿足我所向望ê，好得猶有這支thôo-tshiâng，通予我發揮，kā臭koh驚人ê屎塗變做美麗清芳ê花蕊，kā拋荒ê石頭山變做美好ê花園。

我是一个骨力ê園丁。

見擺ê同窗會，我攏會收著真濟博士頭銜ê mè-sih，我這張園丁頭銜mā全款受著各位同學ê尊重。

我佮意這个頭銜。

因為我佮意開墾、掖種、淹水、壅肥、掠蟲，向望創造一个桃源鄉——娛樂家己mā娛樂別人ê理想境界。

攑筆寫字是為著這个原因，掘塗攑thôo-tshiâng mā是全款。

我用鐵架仔tī山屋頭前起一个棚仔，棚仔跤吊一kuānn一kuānn藍色ê藤花。四箍圍仔囥足濟蘭花坩仔，頭前是五彩ê玫瑰花。知己ê朋友若來，攏佮意坐踮tsia那欣賞台中市區ê景緻那鼻予涼風吹來ê桂花芳。四箍輾轉無圍牆，心內無隔膜，阮佮意討論文化、藝術、園藝這類ê資訊、理論kah技術。工作是心適ê，話仙mā無彼款無爽快，比hia--ê穿se-bí-looh踮tī有冷氣、電視ê奢華客廳內面坐tī膨椅頂話五四三，抑是互相討論欲按怎發財，是koh較快活矣。

有一擺朋友紮真濟彩色ê相片來予我看，伊講：tsia--ê攏是私立藝術館，人國外，有錢人捐錢做ê文化設施足濟，看kah我是替hia-ê好額人感慨。In有錢攏愛去做損害健康、敗害精神ê匪類代，抑是累積起來留予序細，煞變做相爭相告ê禍端。

確實有影，咱舉會出上千上百个例——某某好額人骨頭猶未得拍鼓咧，囝孫仔就已經開始為著遺產爭kah冤家量債，甚至相告、相拍。累積家伙是為著食老ê生活平安會當享福，毋過，咱看著tsia濟例，煞攏是家庭破碎動亂，冤kah雞犬不寧，福猶未享受著，災厄煞先來。

阮leh欣羨tsia-ê捐獻錢財予文化事業者ê時，竟然mā綴leh勾出心內一大篇ê幻想出來。

我這片（語音為phinn篇）自拋荒石山開墾出來ê東海花園是tī東海大學頭前，kah公園化ê示範公墓相倚。因為交通利便，環境清靜、視線開闊，到tsia散步、遊賞ê人本成就真濟。梧棲海港完成以後，tsia離台中市區kah港都之間攏差不多十公里爾爾，未來成做上理想ê遊覽地區是有通向望ê。凡勢真濟學校、文化機構攏會遷到這个所在，予這跤兜變做文化城。氣候好、風飀做袂大、袂淹水也是成做文化城ê優良條件。

自古以來台中市予人號做文化城，文化氣氛是足懸ê，這馬更加應該繼續培養文化氣質。

若是有才調tī這个三千坪ê花園內面起藝術館，對文化復興確實有幫助。按呢毋知偌爾好leh ！

人攏講我是一个大幻想家，連我家己ê囡仔mā是。一个花園ê園丁，骨力辛苦做工課才有才調食飽穿燒ê作穡人，竟然會有好額人ê想法。

是啊，我是遮爾笑詼ê幻想家。

毋過tī我六十四年ê性命當中，我愛欲做ê攏一項一項實現矣。

十幾歲ê時阮兜散疕疕，無才調予我去日本留學，我家己走去做散工完成。

二十歲到三十歲，阮兜猶原是散到鬼欲拖去，煞想愛辦文學雜誌，mā總算kā「台灣新文學」kah「台灣文學」月刊出版矣。這兩个月刊做無偌久，彼是因為時局變化ê關係，並毋是因為力頭不足才放棄ê。

十冬前參加五千公尺走標kah一千公尺泅水ê時，確實予真濟人替我煩惱。

毋過，幾若擺ê走標kah泅水我攏毋捌綴無著陣。

久長ê經驗予我知影鋼鐵是uì火舌當中鍛鍊出來ê。濟年ê觀察mā予我悟著一个明確ê結論——溫室ê花雖然媠，毋過袂堪得風吹日曝。

八冬前，開始tī這个拋荒ê石頭山開墾ê時陣，就有人笑我是戇大呆。毋過，這片地頂面ê三千坪花園內底，今仔日百花當leh大開，逐工攏有足濟人來tsia散步、看花。

這是用thôo-tshiâng寫出來ê詩篇，我感覺四序滿意，

mā看著足濟人佮意。

為著促進建設，我讓出三分二，現此時屬於我家己ê猶有一千坪。

有人講：梧棲起海港以後，tsia若是來起觀光旅社抑是公寓，你就發財矣。我煞開始替伊煩惱。因為不時tī報紙看著真濟觀光旅社抑是公寓（無定著毋是全部）攏變做趁食查某出入ê所在，我實在毋願看著這款敗壞ê風氣不幸穢來到我創造ê這个桃源鄉。

東海花園內面這一千坪土地，會使講是我用血汗創造出來ê，mā是留tī我手裡ê一塊磚仔。為著保持這片清幽地，若是伊會喔好物好代，我嘛真歡喜，隨時會當共伊送予人。

我ê意思是，為著避免這片清幽地莫予都市ê罪惡汙染，保持我ê初心——會使互相娛樂ê桃源鄉，若是有人想欲tī tsia起藝術館、圖書館、民藝館這類ê文化傳播機構，我真甘願捐出這塊土地。

王哥若想欲起圖書館，會使號做王哥圖書館，柳哥若想欲起藝術館，會使號做柳哥藝術館，抑是阿貓民藝館，阿狗科學館，只要是為著文化復興、對文化開發有利ê事業，我攏會使貢獻出來。若是講千萬人中揣無有這款興趣ê人——應該是袂才著，往往攏是有興趣ê攏無錢——按呢，就koh等二十冬啦！

有相命仙講：我會使活到八十外歲，mā有真濟人講：

我蹛tī這款所在會用得加活幾若十冬，我就暫時相信in講ê！若按呢，我敢毋是koh會使tī這七千幾工ê日子，沓沓仔用一塊koh一塊ê磚仔 kā我所向望ê藝術館起起來！

Tī這个美麗清幽ê花園內底看早前、現代、東西方ê藝術作品，讀佮意ê冊，欣賞各地出產ê民藝作品……這是偌爾美好ê夢！

到彼个時陣，我這个老康健ê園丁（有人按呢講），會使兼做志工，泡茶掃塗跤服務興文化ê觀眾，這會是我上大ê享受。過身了後埋tī遮做文化基石有影mā是真美妙ê幻想啊。

在生會用得享受這款福報，過身了後無虧心，這才是萬幸，萬幸……啊！

小說

水牛

林東榮 譯

小鎮向東行，量約仔五百米的山跤，有一窟大水池。

水池的內角是發甲茂茂規片全相思仔的山，這爿的駁岸（poh-huānn）頂懸，青ling-ling的草仔是茂煞煞。駁岸頂小寡冗剩的所在有四欉大樣仔樹，蔭落的樹蔭是曠闊閣涼爽。草埔仔頂懸，水牛、黃牛匀仔行匀仔食草，有一隻烏秋飛來歇佇水牛的頭殼頂，幾若百隻白翎鷥停佇山彼爿的樹仔頂咧歇睏，遠遠看去就親像是白色花蕊開甲滿山坪，景色規个是逍遙閣恬靜。佇東京的學校拂甲硬迸迸的神經，佇遮通暫時共放輕鬆，我感覺誠幸福。

而且池仔水毋但清氣閣冷甲透心涼，這个歇熱我會使講是逐工攏來佇遮。頭先是連十米就泅袂到，一個月後就會當輕輕鬆鬆泅一百米矣，白死殺的面色變甲若烏人，變做真有元氣。我逐工來遮覕熱，就佮阿玉仔變做朋友矣，比這天然的景色閣較予我歡喜。

阿玉仔這个做田人的查某囡仔生做是真媠，特別彼坐佇水牛頂的形姿是若天使咧，冊毋捌離手使人真佩服。坐佇水牛頂行到水池仔邊的時陣，猶原是冊無離手，樣仔欉樹蔭跤有規陣飼牛囡仔，用瓦杮仔磨做銅錢仔大的圓形物，咧耍跋筊的時陣，阿玉仔就一个人坐佇離𪜶較遠的位，認真咧看冊。

有一工，我出聲叫這个覕佇樣仔樹頭看冊的、使人佩服的查某囡仔。

「查某囡仔！使人佩服的查某囡仔！」

我一下叫，查某囡仔感覺歹勢，就共冊园入去衫內底，phiú一下就溜旋矣。紲落來，走到草仔埔、跖（peh）起去勻勻仔食草的水牛頂，行對濫糝林彼爿的草仔埔。伊就是遐爾仔天真浪漫，予我無張持笑出來。

我閣跳入池仔泅水囉，毋過，是那咧想彼罕得的使人佩服的查某囡仔，就跖起去彼爿岸來共看，勻仔食草勻仔咧趖籠仔的水牛頂，彼位查某囡仔是一心不亂咧看冊。

以後逐工見若看著伊，我是親親切切共相借問，查某囡仔嘛沓沓仔慣勢，就袂見著我就溜旋。伊就共伊的名姓，佮佇公學校三年第二學期的時陣，𪜶阿爸共講「學校莫讀來顧牛」的時，彼款傷心甲吼出來的代誌，攏講予我聽。

「是按怎叫你學校莫讀？你阿爸是真無明理neh——。」

我是想欲共安慰才按呢講，查某囡仔的目箍煞來澹：

「毋是，阿爸毋是無明理的人！共我講學校莫讀的時，阿爸嘛哭出來neh。曷就，阿母死了後就無人顧牛矣……。」

「恁阿母是死矣喔？這代誌真大條！代誌大條neh！」

我共話連紲講幾若遍，講甲阿玉仔嘛強欲哭出來矣，看著查某囡仔按呢的面，我會傷心，就共頭越對邊仔去。

紲落來，頂下有一禮拜的時間，阮逐工坐佇離別人較遠的樹蔭跤，啥物代誌攏講。查某囡仔就猶未十二歲，厝裡的代誌攏記甲牢牢，用大人的口氣全總講予我聽。查某囡仔阿爸為田地莫夆（hő̤ng）收轉去，就佮別的佃農相拚共田租摸懸，偏偏今年煞來大失收，收成總交予地主矣，猶是欠兩石的稻粟，就是這兩石的稻粟還袂出來，今地主煞欲共田收轉的代誌，佮自動車公司佇公共汽車開通了後，愛鬥修理路——抑是愛鬥造路——的痛苦等等攏總講予我聽。

「這就是彼个時陣拐著的！」

查某囡仔吐一个大氣，共大腿的傷痕掀予我看，隨感覺見笑，就用補了閣再補的褲共藏起來。查某囡仔真有志氣講伊欲拍拚讀冊，看會當予可憐的阿爸較快活無。這以後，我盡量莫去吵著伊讀冊，家己嘛提冊來讀，伊有毋捌的所在我就用心共教。查某囡仔無去學校讀冊猶無一年，現此時都咧讀五年級的冊矣，聽講佇學校攏著第一名，是捌代誌、記持閣好的查某囡仔。冊聽講是共隔壁的囡仔借的，個兜無錢通買簿仔、鉛筆，就揣較有的塗跤，用樹枝來寫字佮做計算。

我共小弟讀過的小學四年級閣有五年級的舊雜誌提來予伊，伊是足歡喜的，隨就一頁仔一頁掀，袂輸是欲予我稀微，就共我放踮邊仔，顧咧拚勢看遐的雜誌。

無偌久，阿玉仔煞雄雄無來，閣連紲兩工，予我起煩惱，轉去時就斡去個兜遐共看覓。查某囡仔個兜是佇小部落的倒手爿，厝敧一爿像靠佇咧竹模彼款。崁草的厝頂，有這改大風颱掃過的跤跡。看起來是佇工課的閬縫修理的，干焦三分一是用甘蔗葉仔崁、用竹篾仔捆的。厝前無看著半个人，我就趨到厝後共看，佇簾簷跤，阿玉仔是若主婦，誠熟手咧焐番薯糜、提飼料予豬食，無閒來無閒去。看著我，伊人隨展笑容，無偌久就傷心起來，那講「來坐」那共強欲歹去的椅仔提來予我。

「阿爸咧？」

「去造路。」

伊那回答，那hu-hu起火，走到hènn-hènn吼的豬仔囝遐，提飼料予食。

「去造路」就是去鬥做修理路的工課，豬牢的隔壁應該就是牛牢，毋過就無看著水牛，我那行倚豬牢，那問伊：「最近哪會無去池仔邊飼牛咧？」

「牛賣去矣。」

「是按怎參牛嘛賣去咧？」

「就是無錢納田租啊，田租若是無納，田就會夆收轉去——」

到尾仔查某囡仔煞吼出來矣。

「喔！」

我是真傷心。我想著幾工前看著彼「水牛的外銷」的新聞報導，新聞是寫講：有幾千隻的水牛代替豬仔銷去中國南部，是咱產業的大大進展。毋過，台灣的水牛是欲來做田耕作的，遐爾濟的水牛掠去做外銷，講是產業的發展，論真講只是共農村的衰微，實實在在顯現出來爾，我才有法度來理解。

這个時陣「Ah-ah」吐一个大氣，阿玉仔個阿爸行入來，共鋤頭擲去邊仔。

今伊人是強欲倒落去，阿玉趕緊共燒水倒入去面桶，捀到阿爸的面頭前。天齊暗矣。我的心肝真疼，個阿爸感覺足奇怪的，掠我直直睨，我就共個告辭講欲轉去厝。人那行，我那想：這枝輾落去死溝仔的新芽，看欲按怎才會當予伊發穎、大欉，我人就沉入去深深的思路內底矣。

隔轉工起，我就無去池仔遐泅水矣。想著阿玉仔個阿爸的代誌，上佮意的泅水變做一點仔趣味就無矣。彼美麗的山，遐媠的水池，仝款予我感覺一點仔歡喜就無。我規工倒佇眠床想濟濟的代誌，毋過仙想就是想無步。中晝一下過就感覺無聊甲，眠床倒袂牢，跖起來行到大埕是踅過來踅過去，心肝頭是全然袂定著。

我共毛巾袚（phuah）踮頷頸行到池仔邊，彼美麗的山，遐媠的水池仔佮昨昏全款，一點仔就無變，猶毋過，彼通予心情清爽的恬靜，這工煞稀微甲予我感覺像刀咧割。我佇駁岸頂行過來行過去，無甲一寡趣味想欲落去泅水。無偌久我感覺頭殼起疼，就共毛巾縛佇額頭，行對飼牛囡仔歇睏的樣仔樹蔭去。逐工攏是咧耍跋筊，kā-kā滾的彼陣囡仔，今仔日看起來是稀微仔稀微。狡怪的囡仔頭王阿明倒佇草埔仔頂，人伸甲直直直，猶有兩、三个囡仔就無看著矣。其他的囡仔像完全袂記得有耍跋筊的形，有的是愣愣坐咧，有的是倒佇草埔仔。

我是為欲掩崁家己的稀微，就共狡怪的囡仔頭王阿明撊（hián）起來。

「喂，今仔日真安靜neh！」

聽著我按呢講，阿明目睭擘金共我瞭一下，隨共目睭瞌倒轉閣倒落去矣。我愈感覺稀微人就徛起來，無意仔無意咧行過來踅過去。看對草埔仔彼爿去，感覺連水牛嘛足稀微咧食草。我咧想講這就真怪奇，就斟酌共相的時陣，發現水牛稀微的原因，就喝一聲驚一越。一直是比黃牛較濟的水牛，今仔日變甲足少足少，勻勻仔行的水牛若是數量較濟，行起來嘛是會感覺沖沖滾誠鬧熱。一下手減遐爾仔濟，水牛的動作雖是無變，嘛會予人感覺稀微。

「這个囡仔的迌迌伴的水牛嘛是夆奪走去——」這是

我的直覺:「按呢，村裡會出大代誌喔！」我是按呢感覺著。煞有一種：好朋友雄雄死幾若个像刀割的彼款稀微向我掃過來。

落尾我實在擋袂牢矣就從轉去厝。猶毋過，厝裡咧等我的物件嘛攏無通共我安慰的，彼就佇我的心頭產生反抗。不而過，攏無消敨出路的反抗心只會予我愈稀微、愈痛苦，我「坐也毋得，徛也毋得」從入去我的房間，毋過，煩惱干焦會愈來愈濟。我若親像是心愛的予「掠人的」硬共掠去關佇透大風、落大雨的山內寮仔，彼款不安、稀微佮憤怒，閣是做一擺來體驗著。會按呢講，就是我阿爸提五十箍予阿玉個阿爸，用阿玉做抵押送來厝內做查某嫺仔。阿玉個阿爸硬欲從出欠地主的兩箍地租，加上繼續贌田種作的準備費用，按呢總共五十箍的大錢出來，是真僫真僫。干焦按呢猶是算好的，阮阿爸步頻像按呢共查某囡仔買入來，到十、五六歲彼時陣就共貞操（tsing-tshò）奪去，做伊的細姨。現此時厝內的三位細姨仔攏是按呢來的。我喙齒根咬牢，倒佇眠床頂痛苦滾躘。阿玉個阿爸欲攢五十箍的大錢，來共阿玉贖轉去做自由人的日子咧欲到矣，看起來是火燒罟寮全無望。準若按呢，阿玉就等於是阮阿爸買來，欲做伊的細姨啊。

《台湾新文學》創刊號，一九三六（昭和十一）年一月

鵝姊仔出嫁

｜鵝媽媽出嫁｜

林東榮 譯

一

這是一層予人感心袂落去的代誌，春天到熱天的這段期間，雜草旺旺旺的生湠。

毋但kắng驚甲愣愣，薅（khau）掉閣生，薅掉就閣生，小可無插伊，一目躡仔規个園仔就予雜草霸占去矣。

我去弔問（tiàu-būn）猶少歲就死去的朋友林文欽君，嘛共遺族安搭一下，離開十工轉來到厝一下看，花、青菜攏予雜草包牢咧，園仔袂輸規坪草埔矣。閣來，著愛共雜草掰（pué）開，才看會著猶無偌大欉的菊花佮大理花，個攏細細欉仔、死酸死酸、一點仔元氣就無，講起來就親像當今神經質的智識份子，就是遐爾仔可憐。而且雜草共營養份佮日頭光奪奪去，就按呢死去的閣袂少。

對文欽君遐轉來彼一工，我就動手來薅草，薅五工矣，猶薅無到三分一，無疑上頭起先共草薅掉的所在，這籠歹紡（pháinn-pháng）的雜草煞閣發出來，大甲欲一寸長。

起感、疼心、受氣佮著急這幾種心情，佇我心肝頭透濫，就那想著文欽君的代誌，那繼續薅草。

這个園仔有一種足歹剃頭（pháinn-thì-thâu）顧人怨的草，號做草霸王（tsháu-pà-ông）、牛頓草（gû-tùn-tsháu），根是強甲死無人。這種草的草根袂輸人的頭鬃抛（pha）佇塗底，會予做田人流目屎。我是兩肢跤的馬勢徛予在，雙手草搦牢、規身軀的力盡出共摸，草仔根是強甲一點仔顫悶（tsùn-būn）就無。

我就叫囡仔來鬥摸，爸仔囝兩个共根頭搦牢咧，那踅圓箍仔（înn-khoo-á）那摸，猶是無夠力就來頓塌坐（tǹg-lap-tsē）。有當時仔，爸仔囝兩人摸甲倒佇塗跤閣疊做伙咧。這時就會有一寡和草霸王倔強的根牢做伙的青菜、菊花、大理花，予阮做伙共摸起來，有袂少tsʼ̋aunn來犧牲。看著手頭捎咧的草霸王的根是遐爾仔大摸（tuā-bong）、遐爾仔濟，毋但是著驚，心肝煞有一種倒彈的心情，就大大力共擲去塗跤。

熟似文欽君是佇上野圖書館的特別閱覽室。彼是幾年幾月的代誌？今就記袂清楚矣。會記得是佇熱hòo-hòo、汗流甲共內衫黗（tòo）甲澹澹，是彼款衫會黏身軀的日仔。紲落來，下跤這層代誌，到今我猶是會隨想著的。

彼當時我佇〇〇大學讀冊，下晡兩點到三點的美學課，袂輸咧聽阿母的搖囡仔歌是那睏那聽課。散學矣我就目瞷那挼（juê）那踣（peh）起去電車，欲去時常去的上野圖書館遐。家己認為無蓋重要的課，定定會盹龜（tuh-ku），而且閣頇顢（hân-bān）做筆記，無像逐家按呢，工夫幼甲連老師的咳嗽（ka-sàu）嘛會共記落來。

就是按呢，我的筆記是足粗絲的，老師講課的內容我勉勉強強共記落來，是干焦有「肯定佮否定？佮！」爾爾，攏是親像「比起肯定是否定，！比起是？」這款的，這就是我無變做銀座的老顧客，煞變做圖書館老顧客的緣由之一。這工我是因為筆記有記著幾个否定？欲去走揣原始藝術必要的論證，才會到圖書館的。

佇我規心咧反（píng）卡片的時陣，後壁有人搭我的肩胛頭，越頭一下看，是仝學校咧讀經濟的人，噪笑咧笑咧，目瞷就停佇我彼个怪奇的筆記頂懸。阮捌佇某種集會見過兩三擺，就是干焦按呢爾，猶袂當講是雙方有交陪。

是講，仝是台灣人彼用感覺的就會知，佇東京這所在會當做伙回想故鄉的代誌，是不止仔爽快的代誌，阮隨變做親密的朋友。當當我專心佇原始藝術的時陣，對原始人的經濟生活有豐富智識的伊，予我真濟幫贊。阮定定佇公園的長椅仔等等的所在議論甲袂收煞，講無夠氣就徙到我三塊tha-thá-mih大的房間遐去；若猶閣無夠氣，就徙到伊八塊tha-thá-mih大的房間。這个時陣，伊佮我才會當講是出擢（tshut-tioh）的勇士，猶毋過，和伊彼種冗剩的生活相比，我所過的是絚擋擋（ân-tòng-tòng）的散赤日子。我的勇士面腔佇日頭落山後自然就像夆洗掉，暗時就來過欠一跪（khiàm-tsit-kuī）的生活。

這款的陪綴有欲三個月遐久，一直到伊知影我暗時的生活以後，伊就共我的生活貿起來。就按呢傍（pn̄g）伊的福氣，有幾若個月我過著像伊彼款的勇士生活。

我早伊五年轉來台灣，伊轉來無偌久就來揣我。彼時我當跕咧薅草，毋知伊是何時來的？佮上早頭起先拄著我的時仝款，共我的肩胛頭搭一下，毋過手是足無力的。這五年間阮互相的變化，予我是真著驚，伊敢若嘛著驚——伊的變化才是驚人，斯當時的貴公子款、定著、活lìng-lìng的形影，到底是佇佗位拍毋見的咧？對這个落魄的查埔人，佇伊的目睭佮喙，揣著早前彼个林文欽君的形影是了不止仔久的時間。

彼時我轉來台灣，隨知影我專業的藝術是連一塊麭就換無的。閣來，等到我發現若欲靠藝術趁錢過生活，上蓋緊的方法是做街頭廣告人（チンドン屋），照我佇東京的經驗，隨共專業的藝術擲揌捒，做苦力（ku-lí）、做土木工人的巴結拍拚的工課。伊來揣我彼時，就是我做彼款勞動工課做甲身體袂堪得，才想講仝款是勞動，較輸來種花，會較輕鬆小可仔，就佇朋友的助贊之下開始種花，嘛才做無偌久。伊是連話就講袂出來，講伊足欣羨足欣羨的彼款話。我那挲（so）我長到一寸外亂操操的喙鬚，笑講：

「愛講笑！講啥物欣羨。」

伊人是足疲勞的，一目就看會出來，而且彼款疲勞毋是旅行的疲勞，是生活無張無持的變化造成的，這嘛是一目就看會出來的。伊無我這款亂操操的喙鬚，猶毋過，面是消瘦落肉、白死酸，較早彼款活lìng-lìng、元氣十足的形影毋知走去佗位矣！

我佇後壁的溝仔共跤手洗洗咧，招伊入去細間厝仔，佮彼時阮時常（sî-siông）講天説皇帝（káng-thinn sueh hông-tè）的東京的房間比起來，這三四坪的細間厝仔有甲兩倍大。毋過，規間攏做總鋪，四角頭（sì-kak-thâu）有冊、衫褲佮各款器具共园甲滿滿，囡仔的迌迌物仔閣擲甲規四界，連一塊坐的所在都無。我先蹈起去總鋪頂小窮一下，才有一角仔磨破的草蓆通坐，人坐落來共跤伸直，就敢若放較落心矣，共目賙瞌落來。伊共人並（phīng）佇壁，塗壁是抹甲若妝畫厚厚的查某人，共伊的衫滒（kō）垃圾去，我緊共塗粉拌拌（puānn-puānn）咧，提新聞紙予伊苴（tsū）。

「啊，毋免啦，無要緊啦！」

往擺遐重穿插的人，這馬衫滒垃圾煞一點仔就無要緊。

「是完全變矣--hannh！」

這款怪奇代對我來講是真要緊，就自伊的頭相到跤，相伊懶懶共目睭褫開，共離別以後五年的故事，一句仔一句聊聊仔話（uē）出來。

二

照伊講的，我轉來台灣了後，量約仔是三年的時間，伊仝款繼續過平穩的學術研究生活。無疑誤，到第四年個阿爸就一直叫伊轉去，送金就定定會慢到，隨就感覺經濟出問題矣。是講，伊毋甘願家己的研究著半途來放棄，就徙到較早我蹛的彼間三塊tha-thá-mih闊的房間，過佮我彼時仝款的生活，一個月一個月拍拚欲共伊的經濟學體系建立起來。

斯當時是Marx（馬克斯）經濟學說上奢颺的時代，猶毋過，伊彼个無愛爭鬥的個性，就無綴人行入Marx經濟學說。毋過，「予千萬人來餓，才予一个人囥億萬財富」的個人主義經濟，佇伊的理論上是確信袂存在的。同時，伊對青年人共通的正義感，自頭到今是一直來否定。因此，伊是以全體的利益做目標，以經濟共榮的理想，先提出方案閣進行相關計畫經濟的研究，恬恬仔來做無共別人講，就按呢進入一个大摸（tuā-bong）的設計。伊這款性格真濟是種著阿爸。個阿爸是村裡有名望的漢學家，就按呢伊自囡仔時，就受著孔子誠大的影響。

「有國有家者，不患寡而患不均。不患貧而患不安。蓋均無貧，和無寡，安無傾。」

這款孔子公的言語伊是自細漢就當做信條，我佇東京佮伊熟似以後，聽伊講過一擺閣一擺。

伊早就發現個爸仔囝兩代的經濟觀念，就是新日本需要的一條路，猶毋過，仝款的經濟觀念煞予個全家的經濟按根底全然予損蕩，佇這个痟貪重利、你奪我搶的時代，個就是照這款的孔子道來行，煞連一屑仔平和都無得著，就敗壞了了矣。對這，個家己是按呢咧怨嘆家己：「就是因為滅私奉公做了無夠澈底所致的。」閣講：「若做甲有透流，損蕩去的是會閣回轉來的。」

伊阿爸是接手祖先傳落來的千外石（tsio̍h）的財產。

文欽君這十幾年的學費確實是開袂少，個阿爸可比伊共我暗時彼卑微的生活貿起來按呢，提供村裡三个才子讀冊的學費，散赤人破病的時請醫生去往診，唯一有收入的田租若無納，嘛袂硬一定愛納。就是這種綴袂著時代的行為，祖先代代傳落來的千外石（tsio̍h）的美田佮家屋，著愛提來做債務的抵押，煞攏予〇〇會社搦牢咧。就是按呢，只要〇〇會社李專務一句話，個隨就愛面對「宣告破產」的危機。

猶毋過，李專務嘛毋是無明理的人，伊共林老阿伯講，無啥代誌好煩惱的，就提出一个方案再三再四欲說服林老先生。雖然講是克服危機的唯一方法，人毋是退鐵齒的林老阿伯對伊的方案，毋但是無接受，閣振動著林老阿伯的根底，予伊傷心甲強欲袂堪得。

彼唯一的方法就是李專務要求愛共林老阿伯的孤查某囝，就是林文欽君獨獨一个的小妹嫁予伊，林老阿伯若是同意這層婚事，毋但免「宣告破產」，李專務閣有幾个對個有利的解決方案，通好好仔來解決，閣會當留一寡仔財產予個的生活袂有困難。而且，閣欲請林文欽君擔任公司的重要職務，予伊所讀的經濟學會當發揮，期待有一工共林家再興起來。

對林老阿伯來講，無比這閣較大的侮辱啊！無奈何，佇這走投無路的環境下，逼甲林老阿伯無閣重新考慮是袂使得。想講家己就是等死的老人矣，毋管是箭抑是銃攏無啥好驚，「宣告破產」閣算啥呢？毋過，想著拄欲出社會的大囝文欽佮查某囝小梅，伊心頭就足沉重的。對少年人來講，「宣告破產」是無捨施的天大代誌，就按呢煩惱、鬱卒、想了閣想，伊就喙齒根咬咧，同意彼个方案，人隨來破病。不而過，查某囝煞是，死就無欲嫁予彼个緣投的查埔人。林文欽真知影家己彼部經濟學是袂趁錢的，毋通連家己的小妹就共犧牲，閣破壞家己的經濟學體系，伊就是毋肯。林老阿伯四界碰壁全無半步矣，就按呢，林老阿伯連一个平靜的死嘛得無著，tsuấnn來過身。

林文欽來揣我是林老阿伯的後事處理了無偌久，伊講有年老的阿母佮小妹愛照顧，閣講彼个「破產宣告」是明仔載就會來通知嘛無一定。到這時我才體悟著，伊是按怎會講彼句「欣羨欣羨」。

我阿爸是勉勉強強晟養阮兄弟大漢的，雖然無留財產予我，也無放負債予阮拖磨，就是有這款的致蔭，予我佇這款硬插拍拚當中，生活加減較穩觸淡薄仔，想起來家己是誠好命。

閣過五年，我共拍拚巴結當中澇著的塗粉佮細菌攏共洗洗掉，閣有日頭光、空氣佮拄仔好的勞動，身體就回倒轉到佮一般人仝款，生活上嘛因為有彼段期間粒積的經驗，才通過正常的日子，就佇彼時，雄雄接著林文欽君的訃音。

五年前，林文欽君對我遮轉去了後，〇〇會社李專務有提出兩三个方案款勸（khuán-khǹg）伊。毋過，就佇伊看過我按呢來度日了後，心頭應該是已經掠定，就謝絕彼个好意，無偌久就接著「破產宣告」的通知。

伊就共厝裡猶賰閣有的一寡仔器具賣掉，轉做保證金去贌一坵細細塊仔的水田，閣起一間較大我這間的厝仔搬入去蹛，袂輸散赤的做田人，佈稻仔，飼豬，飼雞仔、鴨仔、鵝仔，種番薯、種青菜，按呢度日子。

根據伊小妹講的，佇死的前一工，伊猶有去園仔掘番薯咧。

三

薅起來的草有共园做堆，我就共貯入畚箕，提入去鵝鴨間仔做鵝仔的飼料。鵝鴨間仔的頭前，囡仔是佇遐ài-yo ！ ài-yo ！鬧熱滾滾。

「Ah ha ha ha。」

三歲的囡仔學大漢兄哥，phà-tshì phà-tshì拍噗仔歡喜甲。共看覓咧，原來是割落來欲做種吊佇簾簷的黍仔穗（sé-á-suī），一陣鴨仔跳懸用長喙桮咧捅（thóng），出力共黍仔穗摸落來，相爭咧食。

「阿爸！鴨仔枵鬼！」

這个四月才入去國民學校讀冊的第二後生，出力共我的手摸咧行，是咧表示講：「你共看覓！」

這个後生最近隨時攏咧喝腹肚枵，共番薯擲入去灶空底，定定去予個阿母罵講：「枵鬼！枵鬼！」遮的枵鬼鴨仔出現，對伊來講等於是百萬的救兵，就碏碏欲共我的注意引對鴨仔去。

兩三穗就按呢捅落來，鴨仔陣相爭共食食了，閣倚去共長喙桮伸予閣較長，phiong-phiong跳懸，毋過，位較低的黍仔穗攏予個摸了了，這陣就捅袂著矣。看著後壁來的一隻鴨仔，跖起去頭前的鴨仔尻脊骿頂，閣順彼个勢跳懸用長喙栢去捅，規捆的黍仔穗冗去，tsuấn有一把phà-là phà-là落落來。目睭金hòo-hòo咧等的鴨仔號齊傱倚去，黍仔穗咬咧就溜旋去矣。跖起去鴨仔尻脊骿的彼隻鴨仔，煞頓塌坐（tǹg-lap-tsē）摔落塗跤，反一个兩跤翹上天，予遐的鴨仔閣觖（kheh）閣踏，伊干焦會當佇遐ga̍h-ga̍h咧喝咻爾爾，這箍鴨仔共翼股撲撲咧，跤伸一下，才有法度徛起來，無疑彼把黍仔穗都夆（hông）食了了無賰甲半粒矣，嘛只有目睭金金鴨傷重。彼種模樣實在是有夠好笑，我就笑出來矣，毋過，想起來是真可憐，上勇敢跳懸去捅黍仔穗是伊啊！就按呢身軀才摔落塗跤，毋但會疼，閣予遐的鴨共觖、共踏，等到伊跖起來，所有的獵物（la̍h-bu̍t）攏總夆食甲無賰半粒——予我閣想著林文欽君佮伊阿爸的代誌，人tsuấnn起鬱卒。

不而過，遐的囡仔對這陣鴨仔的表演感覺足趣味的，並較早悉個看馬戲團閣較有趣味，攏跳起來拍噗仔是歡喜甲。

「喂喂！愛吊予較懸才會使得啊！欲做種的黍仔攏予食了了，明年是欲按怎辦nih？」

阮牽手佮遐的囡仔仝款，興試試（hìng-tshì-tshì）看甲真趣味，我對伊講的。黍仔是會當囥的，佮番薯無仝款，米無夠食的時陣，會當代替的上好的物件。而且，是共種佇花股佮花股的中央，落肥佮除草攏會當做伙做，袂加了偌濟工，對土地的有效利用這點，是有足大幫贊的作物。同行的攏笑講，我這款種作方法愛號做「二樓式的栽培」——

牽手那繼續笑，那共賭的幾把黍仔穗吊予較懸咧。輾落來的黍仔穗食了後，彼陣鴨仔就閣一隻一隻行倚來，頷頸伸甲長長，目睭金hòo-hòo看對頂懸。毋過，便若知影閣較按怎躘嘛是伸袂到，就一隻仔一隻行離開、四散走矣。紲落來，就佇溝仔底用個長喙桮叨（lo）咧叨咧，敢若是猶有留戀，就行走去矣。看起來猶是枵sò-sò，有影是可憐。

就是因為無飼料，自起頭我就無欲飼鴨仔。猶毋過，囡仔就愛食肉，就按呢加減飼幾隻仔，就會有一種通食著好食的肉彼款快樂和希望，毋過，看著遮枵sò-sò的鴨仔，煞予我的心肝頭來起感。

是講，鵝仔真佮意食草，閣是較大隻是誠大的幫贊。囡仔對學校轉來，就共我提轉來的草提去予食，抑是去草埔仔割草轉來予食，有當時仔就共趕去草埔仔食草，個已經變做好朋友矣。白色的鵝毛是白鑠鑠（pe̍h-siak-siak）足古錐的，囡仔就攬起來用喙賴共鑢。這鵝仔都誠親矣，據在個抱，發出gà-gà的聲來應。

「真重呢！」

讀國民學校一年仔的第二的，學伊大兄欲共鵝仔抱起來，煞強欲溜落去，鵝仔驚一趒隨大大擛伊翼股。

「按呢，就來去！」

兩兄弟就共兩隻鵝仔趕去草埔仔，彼兩隻鵝仔是草食甲喙笑目笑，兩兄弟覆佇草埔仔，歡歡喜喜咧看鵝仔食草。草埔仔是無偌闊，公的若行，母的就綴後壁，有當時仔圓kùn-kùn的鵝尻川排做伙，搖咧搖咧行齊齊，相親相愛可比翁生某旦翁咧行某來綴做伙散步仝款，囡仔的心情就好甲袂講得。

「翁行母綴（ang-kiânn bó-tuè），白鵝仔無雞過。」

就大大聲唸出這款個家己改編的「囡仔歌」，來詬洗這對相親相愛的鵝仔。

毋知影人咧共詬洗的這對鵝仔是愈行愈倚，勻仔行勻仔食草。

「阿爸！咱兜的鵝仔當時欲生鵝仔囝nih ？」

「袂生囝啦，鵝仔是生卵的啊！」

「按呢，卵生鵝仔囝hioh ？」

「Hmh，卵孵了，鵝仔囝就出來矣！」

「鵝仔想欲有鵝仔囝nih ！阿梅個兜有生五隻真媠的鵝仔囝喔！足古錐的喔！」

「是按呢hioh ！咱兜的無偌久嘛會生喔，就已經遮爾大隻矣。」

四

自足早就講好的，〇〇病院的院長佮擔當職員來到園仔，是欲來買兩百欉龍柏。我是以切花佮盆栽為主，若是有人欲買庭園木抑是樹栽，就去共專門的同業撥調。同業攏有伊的專門科，準接著專門以外的訂單，價數大約是賣價扣掉兩三成。

「現物佇佗位？」

「是，佇山邊的園仔——」

「佇時會送到位？」

「啊，兩三工以內——」

就按呢我就接著這張定單：龍柏，四尺物，一欉七十錢，三日以內送到位的生理隨共決落來。

對同業撥一欉是五十五錢，兩百欉就有三十箍的利純，挖，運搬，種的工錢量其約是估十箍，純利大概有二十箍。

彼个時陣，囡仔佮鵝仔做伙轉來矣。

「Hóo！真婧的鵝仔呢！恁兜的honnh？」

院長是共手架（khuè）佇囡仔的頭殼問的，囡仔去夆呵咾是笑甲喙仔hai-hai，就閣歕（pûn）講，閣無偌久就會生卵，就會有足古錐的鵝仔囝生出來。

「你是共焉去佗位nih？」

「焉去彼爿的草埔仔食草轉來，親像按呢食甲飽inninn。」囡仔就顯出功勞者的面腔，按呢來應。

「你這囡仔閣真骨力，使人呵咾咧，會有出脫（tshut-thuat）喔！」

「這隻是公的，這隻是母的，兩隻真相好，像按呢尻川靠相倚咧食草喔——」

「哈哈哈——是按呢喔？最近有人送阿伯我一隻公的鵝仔，想欲共飼就是無一隻母的，嘛是無法度——」

院長是相當的煩惱，才會按呢講。

「是honnh！年歲到矣，無共揣對象嘛袂使得，ua ha ha ha——」

做伙來的彼職員，笑聲是閣大閣響。

「Ha ha ha ha，真正的，無共揣對象袂使得。啊這隻母的會當予我袂？」

院長是對我講的，囡仔聽著院長的話，隨就共我矚目睭，搝我的手。

「袂使得，這拄好是一對，你若欲愛，我來別位問看覓。」

我按呢講，囡仔就有較放心，共鵝仔趕入去鵝厝仔。

「按呢hioh！就拜託你啊。」

紲落來，院長就佇園仔巡巡看看咧。

「有遮爾婧的文竹！一欉偌濟？若來種佇宿舍彼跤水色的六角盆仔，拍算（phah-sǹg）會誠婧——」

後壁彼句是做伙來的職員向院長講的。

「就送予你啦，一欉就會使得honnh？」

「真多謝，按呢敢會當三欉分我袂？」

我擛挖仔（ué-á）共三欉形較媠的挖起來，用新聞紙包起來予伊。

「這是啥？」

「這是百合的球根。」

拄挖起來的百合球根，排佇蓆仔頂欲囥予焦。

「Honnh！百合的球根是生做按呢喔！一屑仔分我，好無？」

「是，就送予你。」

我閣提新聞紙包二十粒予伊。

「這是啥hannh？敢是繡球花？」

「是，是繡球花。」

院長閣講分一屑仔予伊，我講好，就共挖起來用新聞紙共包起來予伊，猶毋過，院長是誠高尚的人，一直講伊真愛花，愛種花：大岩桐（Gloxinia）、兔耳花（Cyclamen）、菊花、大理花，就親像按呢，這个欲挃彼嘛欲愛，到尾仔予我誠煩惱咧。

頭一个問題是，我種花毋是種耍的，買兩百欉龍柏予我趁二十箍，想講三箍五箍的sá-bì-sù是無啥要緊。猶毋過，院長欲挃的攏總送予伊的，就已經愛二十箍矣，等於是共利純總還伊矣。

紲落來，院長閣講欲愛台灣松的盆栽，彼時我就無客氣矣。

「是，就分予你，我是做盆栽出租的，這盆是最近用六箍買來欲出租的，就照原價分予你。」

我就按呢講，較按怎就是無法度無共收錢就送予伊。若是閣按呢做，莫講利純，就愛倒塌（thap）矣。

「Hmh ！六箍喔！真俗呢，按呢後改才閣講，就揹袂去矣——」

六箍會當講是足俗的，十外年的古松，形閣婧，干焦盆仔就愛三箍才買會著，是共一位欲轉去日本的人買的。同業攏講是「好運揣著的好物件」，市價起碼嘛愛十二、三箍。

猶毋過，院長就講伊揹袂去，後改才閣講，是講個兩个人是空手轉去的，遐的半相送的是我後來載到個兜的。

「嘜！哪有這款的生理！」

紲落來，共遐的相送物載到個兜倒轉來了後，我是氣甲強欲掠狂。

「共乞食抓尻脊骿猶較贏！（白了工的意思）」

牽手嘛真不滿按呢來講。

五

隔轉工，透早就到四五个同業的所在走揣龍柏樹栽，毋過，市場上攏認為船舶的關係佮運費起價，攏認為樹栽會變少，無人肯用六十錢以下的價數撥予我。到尾仔佇庄跤的一間種苗園，才用五十五錢買到手。是講，隔轉工樹栽送到位，運金佮各種費用算算咧才知影是貴甲會驚人，平均一欉愛六十一錢矣。進貨一欉加六錢，兩百欉就是加十二箍矣。閣加遐的sá-bì-sù品（相送物）的額，損失是利純的一半較加。姑不將，到這个時陣嘛無法度矣，就共送去病院，仝時嘛𤆬兩个苦力去種。

咧種樹栽的時，院長佮擔當職員攏出來指揮東指揮西，阮三个人種一工貼貼（tah-tah），轉來到厝已經暗摸摸矣。

隔轉工我就提貨款的請求書去，院長無佇咧，就提予擔當職員，請伊冗早（liōng-tsá）付錢。伊共請求書瞭一下，講付錢日另工會連絡，就欲行離開，我驚一下就叫伊停落來，問講：

「按呢，付錢是佗一工hannh？」

伊共頭向（ànn）敧敧想一下仔：

「按呢honnh！應該是這个月底。」

就回答按呢，今仔日二十二號，月底就是猶閣一禮拜，想講按呢嘛好就來轉。隨趕緊寫一張批予種苗園，請佪貨款予阮延到這月底一定會付。熱天是小月，逐工的收入往往是無夠支出，有先付二十箍的訂金，猶賰九十箍就用欠的。種苗園隨寫批來哼呻（hainn-tshan）：「咱是約束貨到隨送金，欲等到月底予阮是誠困擾，猶毋過，今閣再講啥嘛無路用，阮會等到月底，到時袂當閣延矣喔。」批是寫按呢。

予人講甲按呢，我的心肝真操煩袂定著（tiānn-tio̍h），病院會確實佇月底付錢袂？若準閣延，這个付款欲按怎咧？像按呢想來想去，仙想就想無步，我都上蓋驚去看著債權人的面啊。

就按呢，三十日到矣猶原無得著病院的任何連絡，透早就從去病院，猶無半个人來上班。等甲誠久才看著擔當職員，我就趕緊走過去：

「啥物代誌hannh？」

伊掠我一直看，按呢講。

哪會講「啥物代誌」咧？我聽著就真袂爽快，毋過，嘛是勻勻仔共代誌講出來。

「啊，是植木的代誌honnh，傷腦筋呢！院長是講佮見本無仝款呢，遐爾細支七十錢傷貴啦。」

「見本？是講佮啥物見本無仝款nih？」

我的心肝就目火著（ba̍k-hué-to̍h）。

「就佇你遐啊！六尺左右，親像按呢圓kùn-kùn、粗粗的彼欉，揖來的是瘦瘦仔細細支仔！」

「無人講彼欉是見本啊，彼欉是特別種的庭樹，毋過四尺物是樹栽，是密植栽種的，瘦瘦仔是當然的啊。」

「傷腦筋呢！院長就是講按呢，我閣共講看覓。」

閣共講看覓！就月底矣，都是無法度閣按呢戇戇仔等矣。

「請你隨去講好無？」

「按呢喔，請小等一下。」

伊講了後隨行出去。我是想講：代誌大條矣，到如今才講見本啦、啥物啦，我認為錢無遐爾簡單就會提著。約束的月底就干焦賰一工爾爾，我是一點仔都袂擋得矣。擔當職員去院長室，煞是一直無轉來。

患者是沓沓仔集倚來。

Sah Sah Sah Sah

Tsah Tsah Tsah Tsah

草鞋佇塗跤拖的聲是交插做伙閣應聲，我行到走廊，看向院長室。鬱卒的面、痛苦的面、喘氣喘袂離的、頭殼是紗布包一半親像怪物的面，攏足慌狂的。猶毋過，這毋是人講的「鬧熱氣氛」，我煞感覺真悽慘。

經過一大站時間——上無我是按呢想——擔當職員轉來矣。

「等一下我才向伊報告，這馬院長咧無閒。」

我是一句話就講袂出來，代誌是足迫的。是講若欲予遐的患者來等，先來談我的代誌，按呢我是講袂出喙的。

「按呢，就拜託你啊！我就愛納人的貨款啊。」

離開時我是欲哭無目屎，轉到厝嘛無心情做工課，規工干焦是徛也毋是坐也毋是，十二點到隨閣傱去病院。

擔當職員無講伊有共院長講抑無，隨閣講著見本、比市價較懸的代誌，直直喋、餾袂停。

無彼款冗剩（liōng-siōng）佮伊議論矣，咧想講若無直接佮院長講是袂使得。我想欲共院長講按呢：絕對無比市價較貴，著愛隨付人貨款啊，希望趕緊解決這層代誌。家己嘛無料著就隨行對院長室去，佮早起時完全無仝款，敢若大水湧退去，遮爾大的建築物是冷冷清清。

護士講院長拄去「巡診」，我就坐佇患者等看診叫號的椅條。心肝誠著急，佇恬喌喌（tiām-tsiuh-tsiuh）的走廊，坐佇遐我會當聽著隔一下仔就有的，一步一步的跤步聲，彼時的面腔若是有人看著，一定會夆認定我是精神病的患者。

我就共曙（Ake-bono）牌的薰抽出來欶，毋過，佮平常時無仝，欶薰一點仔就無通予我的心肝平靜落來。

量約仔等兩點鐘，聽著院長室的門拍開的聲，白色形姿行入我的目睭tsuǎnn行入去矣。想講院長轉來矣就行過去看覓，彼毋是院長，是助手轉來。我就愛閣佮拄才仝款，繼續等落去，這種無聊、刺鑿的時間，我從到今是毋捌經驗過，就按呢繼續閣了時間等落去，落尾是等著院長矣。

踮這款厭氣內底的我家己，驚共講的話分散去，就先想好欲按呢講：頭先講，院長欲愛的鵝仔新娘已經叫囡仔揣著矣，有八斤半，一斤二十錢。這隻毋免十箍的鵝仔新娘，院長一定會佮意。若是按呢，貨款的代誌拍算真緊就會解決才著。

毋過，院長干焦講有時間才來去看，到底欲愛抑無愛就攏無表示，當然我期待的歡喜笑容是一點仔就無現出來，這隻鵝仔新娘敢若是伊家己親目看過、看了會佮意的才欲。

我是一點仔退路就無，予我頭殼疼，是講，我嘛是共貨款的代誌提出來矣。伊佮頂幾工見過兩三擺的擔當職員仝款，閣講著：佮見本無仝款，比市價較懸，嘛是講一遍閣一遍。

我是頇顢（hân-bān）佮人講條件，直接就拆明矣：

「樹栽揹來的時陣，院長嘛有看著，佮見本無仝款啦，比市價較懸啦，這款無滿意的事項，若是當場就提出來毋知偌好咧！到這陣才講——」

「你，你無應該講這款怨恨的話，當然彼時若隨講嘛是會使得，毋過，你就專工揹來啊，想講共你退貨是有較可憐，而且我是認為你應該會當理解才著啊。」

講是講「應該會當理解」，論真講我是完全袂理解。

欲揣比這較好的四尺樹栽，佇這箍圍仔是絕對無的。講著市價，七十錢以下肯賣的，照我最近佇市場閣揣一遍的結果，相信是無可能的。閣來，遐的sa̋-bì-sù品就愛了十幾箍，你是欲叫阮按怎啦？

毋過，就親像伊所講的，幾工了後，我就知影伊講的話的真正意思，毋是蓋爽快的代誌。是講，佇這个時陣，若準會當早一工納錢，我有覺悟加減愛了一寡仔，我已經無面皮去見彼个，付款日約束好煞一擺一擺ka̋ng延的債權人矣，豬肝就殘殘切落去：

「按呢啦，咱就做伙來去你掠做較俗的所在看，若準看著仝品質煞較俗的，咱就照彼个價數來行。」

我講甲閣真有自信，伊聽著，袂輸是看人無按呢，Hah ha ha——笑出來，就講：

「戇呆！我哪有彼个閒工！你毋是生理人hannh！」

「毋是生理人！」——這句話予我掣一趒，到底是啥意思？有影啦，我是賣切花佮盆栽的，價數就是五錢抑是十錢，極加是兩箍三箍，現物是囥佇人客的頭前，準看佮意就買的彼款生理。貨色若較足，人客喝貴就加減俗一屑仔。毋過，像這款一百箍以上的大條生理，確實是毋捌做過。這款的大生理敢有啥物特別的規矩nih？話是按呢講，猶是愛緊付人貨款，我想欲較束結咧共處理掉。

這款的麻煩生理我是毋敢閣再領教矣！準講得著彼款

的生理鋩角，會當得著足大的利益，我嘛無向望矣，而且現此時就到了錢的地步矣！猶毋過，這个勢做生理的醫學博士講我毋是生理人，有影是烏矸仔貯豆油，無底看。

「是啊，這款生理我是頭擺做，內底的鋩角攏嘛毋捌。是講，這个價數確實袂比人較貴。請你做伙去看你就講無閒，閣按怎講嘛是無較縒（bô-khah-tsuah）袂有結果。我就毋敢領教矣，了錢就已經有覺悟，請你直接講出來好無？到底是偌濟錢才無算貴？」

伊仝款是彼種看人無的面腔，就講：

「按呢喔！就來參詳看覓——」

「欲佮人參詳？請你這馬就做一下決定好無？」

「袂使得呢？」

伊拍一下大哈唏就行離開。

我閣是無得著結果，鼻仔摸摸咧就翻頭轉去矣。

六

就按呢，月底過去矣，閣來彼月日我嘛閣去五擺，會用講是逐工去，無見著人的時陣嘛有，有見著嘛是仝款無結果。我規腹火燒起來幾若擺是強欲爆發，毋過，就是規心想講毋管按怎，就愛請個趕緊付錢，就共個下壓力。到尾仔個就講，若準一欉五十五錢敢會使得？我隨同意，這會了四十箍較加，毋過，會當趕緊共這層代誌解決掉，這損失是一點仔攏袂感覺艱苦，這是予我想袂到的。這層代誌到尾有結果，就對彼工開始，我穩定的心情就走轉來矣。

猶毋過，代誌講是講定，付款日就一直無講明，干焦是講：若有決定隨會共你通知，毋管拜訪幾擺嘛攏仝款。

種苗園寫批來講，約束的月底就已經過去——一直咧催。我有影想無步，毋知欲按怎。代誌就是按呢，過了十工，種苗園的頭家家己走來。

我雙手掌（thènn）下頦，愣愣坐佇桌仔頭前咧思量。伊面仔臭臭行入來，我趕緊共手放落來，請伊入來坐。紲落來，就共代誌自頭到尾詳細講予伊聽，想欲請求伊的諒解。伊那聽，臭面那沓沓仔無去，到尾仔就uah ha ha ha——笑出來，予我掣一下人愣去。

「我來替你去提轉來！」

笑過了後，伊帶一个自信款，對我按呢講。

「你？真正的是無？」

「講白賊是欲創啥？若是學校，就佮政府有關係，就需要較濟時間——若是病院，準有拍算欲付，是隨時就會付的。」

「問題就是佇遮，我感覺個無想欲付，才會遮爾仔傷腦筋。」

「毋過，恁彼隻鵝仔就予我honnh？袂使得nih？按呢就講無矣。牽手抑是查某囝，佇必要的時陣是攏愛予人的喔！干焦是一隻鵝仔，是按怎你會袂了解咧？」

我說明講，彼隻鵝仔佮遮的囡仔就足親的，共送予別人，囡仔會傷可憐。伊聽了驚一越大聲笑出來。

「也毋是牽手啊，而且鵝仔攏仝款啦！閣買一隻予個就好矣！」

講了後伊就行到鵝鴨間仔，共彼隻母的鵝仔掠起來。鵝仔拄著無熟似的人就從來從去咧滾絞（kún-ká），毋過是免偌費氣就共掠起來矣。

佇債權人的面頭前，我是袂當講啥。

就照伊的指示，鵝仔掠咧，綴伊先到院長的宿舍，才閣斡到病院。

見著院長，這種苗園頭家就先講，彼隻鵝仔新娘已經送到位矣，鵝仔新郎新娘真相好呢。聽著按呢，院長的態度隨就變做一个人人好的仁慈老大人，就講：

「按呢喔，多謝！真多謝！」

聽著伊講按呢，我大大仔驚一越。

「啊，小等一下。」

院長話講完就越出去，隨倒轉來講：貨款這馬欲付，請恁去會計部門。就才等一點仔時間爾，個嘛有捀茶出來。

我就來到會計部門，閣較予我驚著的是，領著的錢毋是一欉五十五錢，一直喝講傷貴傷貴無進展，煞一欉七十錢照算，就照請求書的金額付錢。

離開病院的時陣，種苗園的頭家閣共我相一下。

「怎樣？」

講了後就笑出來。

「對方欲愛啥物就攏予伊，按呢一欉一箍抑是一箍五十錢就一定袂喝貴囉。」

我共說謝，當場就共尾款付予伊，伊趕緊欲轉去就來行離開。

轉去厝的路途中，我手搦賰的錢，起一種奇妙的心情。

金錢三十箍——這毋是利純，是無損失去的錢，毋過——我想講是好佳哉，另外彼頭閣想，我確實並毋是蓋爽快。

轉來到厝，拄好是拜六，囡仔攏已經轉來佇厝裡。佮以往仝款焉鵝仔去草埔仔食草，毋過，倒佇草埔仔看鵝仔食草的囡仔，就無平常時仔彼款的有元氣，看起來無攬無拈真孤單。失去友伴的彼隻鵝仔，不時共頷頸伸甲長長，斡正爿，斡倒爿，發出gȧh-gȧh的聲那行。

「我鬥陣--ê喔！你是去佗位咧？」

敢若是咧講按呢，一四界去走揣伊的牽手。

《台灣時報》第二七四號，一九四二（昭和十七）年十月

春光閘袂離

|春光關不住[1]|

賴瀅伊 譯

一

民國三十三至三十四年，島上少年家ê影跡，是一工減過一工、一冬減過一冬，愈來愈少，較大漢ê去中國、南方，去做東亞共榮ê「皇民戰士」，號做師仔兵ê學生仔，仝款hőng派去天邊海角各基地，去做「日本帝國」的跂跤石。

基地ê擴建工事，是無制無限ê，而且tī盟國飛行機相連紲ê爆擊之下，tsia-ê囡仔兵攏操kah袂輸塗人。

我是一个數學教師，課也攏免上矣，逐工kah in tī遐leh嚾（uang），看tsia-ê少年仔ê學業khȧh一沿厚厚ê塗沙粉，看著「萬能ê神」這類ê觀念，代替一切ê科學kah藝術，心內煞是艱苦。

1 本篇是楊逵tī綠島時期ê作品，一九七六年收入國中國文教材第六冊，改名號做「碁袂扁ê玫瑰花」，用伊本名「楊貴」，內容精差無濟。

二

「喂！你看！」林建文kā iân-pit-á擲拞揀，跔tī壁角leh咻，一陣囡仔兵大細聲圍倚來，隨个仔攏滿面春風，這是這幾冬真罕得看著ê，到底是發現著啥物leh？

我才想講欲過去kā看覓，軍事教官吉田（Yoshida）中尉煞先到位。

「是leh吵啥貨，吵啥貨！緊kā tsia清清leh——明仔載就koh愛去飛行機場修理跑道呢！」

Tsia-ê囡仔兵你相我，我相你，隨个仔隨个笑容一聲liap去，隨个仔隨个走若leh飛，緊koh轉去工課場。林建文眼著吉田（Yoshida）手裡ê籐條，繼續kā iân-pit-á攑起來，伊kā hia-ê磚仔角、瓦、紅毛塗清清出來，埋tī-leh炸彈空內。

我佯毋知，越uì海彼爿去，看著一隻tī-leh海面漂搖ê漁船仔，我ê心就親像伊仝款。

三

林建文是排尾頭名，是班上上扶（ió）ê囡仔兵。伊瞇著吉田（Yoshida）離開了後，隨koh kā iân-pit-á抨掉，用兩肢手出力去揀一塊大紅毛塗，揀kah規面紅記記。

「揀這欲創啥貨？」我輕輕仔tī伊ê肩胛頭搭一下。

伊越頭笑笑講：「這啦，是這……」

「這是啥？」我跕落去kā看覓，看著一欉予紅毛塗硩tī-leh下底ê玫瑰花，予硩kah實（tsa̍t）實實，竟然猶有才調uì細細縫仔puh穎，koh拍一粒指頭仔大ê花蕾。

我感覺真趣味，就kah伊做伙kā彼塊紅毛塗徙開，一欉hőng硩kah扁趖趖ê玫瑰花tsuấn現身。

我真歡喜，並毋是因為發現這欉玫瑰花——阮厝內面mā種足濟花，有袂少是並這欉koh-khah高貴ê。我會感覺歡喜，是春光鬧袂離，伊竟然有法度揣著tsit逝細細仔ê縫，puh穎抽芽，koh拍一粒tsiah大粒ê花蕾，袂輸是tī-leh日本軍閥鐵鞋之下，台灣人民ê心。

「你敢是leh歡喜這？」我問伊。

林建文tìm-thâu，毋過隨koh鬱卒起來。

吉田（Yoshida）又koh斡倒轉來。林建文kā iân-pit-á擇起來，繼續做工課，我tī囡仔兵工課場內面那行跤花，那激恂恂喙koh那唸：「跤手khah mé leh，較緊咧啦，時間無早囉！」

四

通知收工ê喇叭聲霆矣，我用上緊ê速度替林建文kā彼欉玫瑰花掘出來，予伊紮轉去營舍。

食暗了後，我看林建文一个人戇神仔戇神踮tī草埔，手裡的批紙予風吹kah撇leh撇leh。我沓沓仔行uì伊ê身軀邊，跔leh kā伊問：「敢是uì厝內寄來ê批？有好消息無？」

伊幌頭了後，吐大氣，目屎含目墘，彼滴無流落來ê目屎，有黃昏ê日頭光。

「林先生……」

「嗯？」

「彼欉玫瑰花敢毋知會當寄轉去無？」

「你想欲kā寄轉去厝裡？」

「著啊，阿姊真可憐，阮六个兄弟姊妹一人拆一位，……阿兄有ê去大陸，有ê去南方，我人tī遮，厝裡賰阿姊家己一个，伊tī批內面寫：二九暝厝內冷冷清清，賰伊一个人關踮厝裡……」

「好lah，我這幾工有通轉去一逝，順紲替你kā玫瑰花紮轉去好矣，我會kā恁阿姊講這欉花ê身世……」

林建文誠激動kā我ê手牽牢牢，我看著伊ê目屎uì目墘輾落來，彼兩逝目屎流過ê痕跡，予我想起彼欉碁tī-leh紅毛塗跤ê玫瑰，koh看著uì細細縫仔puh穎出來ê花枝頂彼粒花蕾。

五

過兩工仔就是禮拜矣，頂司准我歇假，我kā彼欉uì紅毛塗跤掘出來ê玫瑰花紮轉去台中。

我有淡薄仔後悔。

若照我ê歲數，去看林建文ê阿姊林姑娘，是無啥物通好歹勢。毋過我上驚ê，是一下見面就吼到目屎四淋垂ê查某囡仔。我leh想，一个孤孤單單顧厝ê查某囡仔，這總是難免，若是拄著這款場面，叫我是欲按怎？

謝天謝地喔，我看著ê林姑娘，顛倒毋是彼款軟汫愛哭ê小姑娘，無的確是這幾若冬以來ê苦楚心酸磨練出來，伊ê表現真定著。

伊知影我是in小弟ê先生，是專工替in小弟送這欉玫瑰花轉來ê，聽我講起這欉玫瑰ê身世了後，伊真歡喜kā接過手，隨kā種tī埕斗中央。伊請我愛kā林建文講：「小弟ê心意，阿姊攏會當體會，請小弟放心！」

彼暗，我轉去營區，心情真輕鬆，這款ê心情，林建文好親像有感受著，伊心情mā齊輕鬆，看起來滿面春風。

六

四月過去，五月mā綴leh過去矣。Tī六七月ê海邊，赤焱焱ê日頭kā阮曝kah烏趖趖。

無線電也猶原仝款逐工放送大本營發表ê好消息——「皇軍大勝利」。毋過，鴨卵khah密mā有縫，各地又koh開始四界leh掠人。有ê人講是「間諜」，毋過真濟是「散播謠言」ê嫌疑犯。

八月十五，tī日本天皇欲宣佈無條件投降的前幾工，林建文收著in阿姊寄來ê一張批，批內面有這段話：

「你寄轉來ê彼欉玫瑰花，種tī黃花缸內。伊生kah真旺，mā拍真濟花蕾，紅phànn-phànn ê花開kah滇滇滇。我mā袂感覺稀微矣，我leh想，今年二九暝圍爐，應當是有通比往年ke加幾路菜矣！」

黃花缸？彼欉玫瑰，明明是種tī埕斗中央敢毋是？當時徙去黃花缸ê？黃花缸koh是啥物款ê缸？這个謎猜，我想真久想攏無。一直到光復了後，逐家攏開始過正常ê生活，in兜mā kah濟濟人家仝款團圓矣，有一日，我聽著伊講黃花崗ê故事：

這故事是捌去過廣東ê一位少年家講予伊聽ê。這个少年家姓王名志堅，是in大兄tī廣東ê同窗，是光復進前uì大陸轉來ê，tī伊意志上消沉、茫茫渺渺ê時，少年家替行去做抗戰幕後事工ê林姑娘炁來in大兄ê消息，猶有真濟驚天動地ê革命故事。這就是其中之一[2]。

自按呢，in兩个就鬥陣，做真濟代誌了後，去予日本軍警掠去，險險仔就無命——伊是講kah真輕可咧！

光復無偌久，in兩个就結婚矣，我是in ê證婚人。人生雖然有足濟艱難kah困苦，尤其是咧異族ê侵占之下，不而過我感覺，只要咱會當較定著咧，來面對驚惶失志ê萬丈深坑，時間自然會替咱解決足濟問題。你敢無感覺，一欉予碁tī-leh紅毛塗跤ê玫瑰ê故事，敢毋是mā足趣味？

《新生月刊》，一九五七年六月

2 楊逵手稿資料當中ê版本有楊逵筆跡補起去原文落勾ê幾字：「黃花崗ê故事」mā是其中之一。

其他

和平宣言——致楊建

吳晟 吳賢寧 譯

「一篇六百外字的和平宣言，換來長躼躼十二
年的免錢飯，凡勢是世間上蓋貴的稿費。」

你學著恁老爸滾笑家己的口氣
少年聽眾就嘻譁滾笑
但是我注意著你看kah遠遠

掩崁袂牢，
鬱悶的眼神

一九四九，混亂的時局當中
你的老爸
出來呼籲和平
過海來接收的政權
竟然用機關銃聲，來回應群眾

用逮捕回應恁老爸，閣kah刁故意去抹烏
關押佇予社會放袂記的監牢
留予恁兄弟姊妹來拆四散
暗暗á吞落屈辱的目屎
人生的景緻嚴重扭曲變調

時局暗暗仔趕輾轉
歷史予恁老爸平反
還予恁老爸名聲
做一个解說員，你只有法度
榮耀恁老爸的文學
宣揚恁老爸的傳奇故事
無啥人問你，怎樣還予你
至少免得驚惶的囡仔時
至少免得受歧視的青少年
至少免得困苦的中年

嘛無啥人問你的囡仔
怎樣擔起家族
四箍輾轉
暗毵的歲月陰影

當權的輿論要求恁
所有受害者佮個的家屬
學習包容，撙節憤怒的目神
學習寬恕，上好予伊放袂記得
向壓霸集團的繼承者
倚靠，求得和平
佇無仝選擇的爭議衝突當中
家族內底拆散
各人變做一座一座孤島
互相怨感

這一場集體的大暴行
超過一甲子
遐的共人淩治的，攏無影跡
毋捌出現，認錯認罪
甚至享受欺壓人的好處，傳予囝孫
無啥人向你解說清楚
發生過啥物代誌

你的眼光從來無怨恨啊
Kan-na賭凝心，Kan-na賭
陣陣薰嗽，一聲比一聲

稀微，一聲比一聲老款
欺壓人的，到這馬也是無出現
確實，你毋知影欲原諒啥物人
準做拳頭拇tīnn絚絚，嘛只是因為心頭慒疼
毋是為著欲舂向啥物人

寫佇土地的心肝頂

向陽

清風吹，蝴蝶飛，
美麗的土地，恬靜的花。
你拍拚挖，我骨力掘，
挖開一个舊世界，
掘出一片新天地。

花誠婧，草誠青，
夯鋤頭，過田墘，
認真勞動拚勢做。
掠病蟲，揀歹物，
用真情，來鬥陣，
你我仝心開墾咱的新樂園。

菊花婧噹噹，玫瑰嬌滴滴，
茉莉芳貢貢，玉蘭笑文文。
咱的詩，寫佇土地的心肝頂。

戇呆傳過幾代

|愚公幾代過去|

魏揚 賴瀅伊 譯

A段

大肚山頂ê花園工
你是毋是猶leh學挖塗
東海花園ê山坡地
是毋是猶看有你leh夯鋤頭
大肚山ê花園工
你講土地是咱ê
大肚山ê花園工
你講咱是戇呆愛代代挖落去
戇呆傳過幾代
咱是毋是猶有土地

B段

大肚山ê花園工
你手夯鋤頭挖塗
Kā花蕊kah粟仔種落去
大肚山ê花園工
你手摸水牛ê尻脊骿
開墾故鄉ê土地
戇呆傳過幾代
咱kā怪手開來挖地
安插工廠kah紅毛塗
戇呆傳過幾代
咱kā水牛ê身影放袂記得
失去原鄉ê景緻

副歌

戇呆傳過幾代
Siáng猶保留故鄉ê記憶
Siáng猶鼻會著塗ê氣味
Siáng猶有法度去哕土地
故鄉ê面容早就消失去

戇呆傳過幾代
徵收田園剉倒樹林
汙染溼地坉平海灣
政府開發好空財團
人民悲傷離鄉背井
追求經濟藐視鄉里
趁來利益
失去正義
失去土地袂記得過去
正義無去煞數想和平
戇呆傳過幾代
大肚山ê花園工敢捌吐大氣

C段結尾

廟前ê樹蔭
庄內ê小路
園裡ê水雞聲
咱攏teh欲沓沓仔失去
庄內ê市集
林仔邊ê溪水
農村ê感情

咱攏teh欲沓沓仔失去
大肚山ê花園工
你替阮開墾ê土地
這馬欲去佗位走揣
大肚山ê花園工
Siáng替阮共水牛、土地、野菊花
鋤頭、iân-pit-á kah田捋揣轉來
戇呆傳過幾代
當時才會使免koh背離土地

春光閘袂離

楊逵經典台文有聲讀本

策　　劃　楊逵文教協會
原　　作　楊　逵
台　　譯　林東榮、賴瀅伊
監　　修　楊　翠
協　　力　黃惠禎、邱若山
楊曜聰、王信允

責任編輯　邱芊樺
美術編輯　李偉涵
校　　對　賴聖文
審　　訂　鄭順聰
編輯顧問　鄭清鴻
有聲製作人　余欣蓓
有聲朗讀　王信允、向　陽、朱約信、李拓梓、吳　晟
林東榮、陳明仁、陳淳杰、張嘉祥、楊　翠
路寒袖、董芳蘭、鄭順聰、鄭清鴻、賴瀅伊
魏　揚（按姓氏筆畫順序排列）
音樂指導　余政憲
音樂設計　吳知穎
製作協力　邱怡瑄
錄音剪輯　熊璇武、鍾維軒、林仁楷、吳知穎、李明哲
音效混音　吳知穎、林仁楷、張佑寧
統籌製作　心陪有聲文化股份有限公司
聲音後製　杰瑞音樂有限公司

出版者　前衛出版社
地址：104056 台北市中山區農安街 153 號 4 樓之 3
電話：02-25865708 ｜傳眞：02-25863758
郵撥帳號：05625551
購書．業務信箱：a4791@ms15.hinet.net
投稿．代理信箱：avanguardbook@gmail.com
官方網站：http://www.avanguard.com.tw
出版總監　林文欽
法律顧問　陽光百合律師事務所
總經銷　紅螞蟻圖書有限公司
地址：114066 台北市內湖區舊宗路二段 121 巷 19 號
電話：02-27953656 ｜傳眞：02-27954100

贊助單位　文化部．國家語言整體發展方案

出版日期　2024 年 9 月初版一刷
定　　價　320 元

I S B N　978-626-7463-52-9（平裝）
E - I S B N　978-626-7463-50-5（PDF）
E - I S B N　978-626-7463-51-2（EPUB）

國家圖書館出版品預行編目 (CIP) 資料

春光閘袂離：楊逵經典台文有聲讀本 / 楊逵著；林東榮，賴瀅伊台譯. -- 初版. -- 臺北市：前衛出版社，2024.09
136 面；15×21 公分
主要內容為台語文

ISBN 978-626-7463-52-9（平裝）

863.4　　113014390